내게 가장 소중한 것은
나 자신이었다

# 내게 가장 소중한 것은
# 나 자신이었다

한 여자의 일생

김인선 지음

**나무연필**

## 일러두기

필자가 처음 독일 땅을 밟았던 1972년에는 독일이 분단되어 있었고, 1990년 동독과 서독이 통일되기 전까지 필자는 서독에 거주했다. 하지만 이 책에서는 편의상 통일 전의 서독과 통일 후의 독일을 모두 '독일'로 표기했으며, 동독과 서독을 별도로 언급해야 할 경우에만 구분해두었다.

1950년 1월 1일 저녁부터 어머니의 진통이 시작되었다. 밤늦게 진통이 심해지자 외할머니는 산파를 불러오기 위해 집을 나섰다. 집 앞 파출소에 있던 경찰이 외할머니를 불러 세웠다.

"할머니, 어디 가세요? 조금 있으면 10시인데, 그때부터 새벽 3시까지 통행금지인 건 알고 계시죠?"

"아이고, 어쩌나. 내 딸이 아이를 낳으려고 해서 산파를 데리러 가는데 좀 봐주세요. 내가 빨리 다녀올게요."

"아이가 방정맞게 새해부터 나오려고 하네. 아들이나 낳으세요. 딸이면 팔자가 세겠구먼요."

그다음 날 새벽 2시쯤 내가 태어났다. 어머니는 갓 태어난 나를 보고서는, 이마가 툭 튀어나오고 머리만 커서 짱구인데다가 아이를 낳은 건지 메주를 낳은 건지 모르겠다고 하셨다.

어머니는 내가 세상에 태어날 때부터 나를 미워하셨다. 아니, 어쩌면 나를 배 속에 품은 걸 알게 됐을 때부터 그러셨는지도 모르겠다. 난생처음 사랑하게 된 남자는 기혼자였고, 어머니는 어린 나이에 나를 임신했다. 어머니에게 나는 세상에 태어나지 말았어야 할 혹 같은 존재였다. 모든 불행의 원인이었다.

내가 태어난 것을 기뻐해주는 사람은 오직 외할머니뿐이었다. 갓난아이 때부터 나를 키워주신 외할머니는 측은한 눈길로 나를 바라보시곤 했다. "아이고, 내 새끼. 불쌍해서 내가 어찌 눈을 감을꼬. 태어나지 말았어야 했는데." 외할머니는 그렇게 말하며 자주 눈물을 흘리셨다.


김경일은 「1920~30년대 한국의 신여성과 사회주의」(《한국문화》 제36집, 2005년 12월)라는 논문에서 1920년대 이후 조선 사회의 이슈가 된 '신여성'의 등장을 몇몇 선구적 개인의 출현이라기보다는 하나의 시대적 현상이자 새로운 사회 세력의 대두로 해석하고 있다. 식민성과 근대성이 혼재된 근대 교육을 받은 신여성들은 일제강점기에 과거와는 확연히 다른 자의식을 선보이며 세상에 자신의 존재를 드러냈다.

나의 어머니는 이러한 신여성 문화의 이후 자장에 있던 분일 것이다. 근대적인 것에 대한 기대와 관심을 품고 있었고, 주체적인 여성이 되려는 욕망도 강했다. 많은 신여성들에게 그러했듯, 어머니에게도 세상은 호락호락하지 않았지만 말이다.

어머니는 일본이 중국 침략을 감행하기 전인 1930년 일본에서 태어나셨다. 일본식 교육을 받으며 성장했고, 해방이 되고서 3년 뒤인 1948년에 한국에 오셨다. 이때 한반도는 역사의 소용돌이에 휘말리고 있었다. 어머니가 한국에 오신 그해에는 좌우의 대립이 격렬하던 가운데 남북에 각각 정부가 수립되었다. 그리고 1950년 6월 25일 새벽에 한국전쟁이 발발한다. 유엔군과 중국인민지원군이 참

전하면서 전 세계적인 결전으로 비화할 뻔한 이 전쟁에서 제국주의 국가들은 서로의 힘을 견주고 있었다. 미국과 소련 모두 한반도 사람들의 안위 따위는 안중에도 없었다. 1953년 7월 27일 휴전협정이 체결되면서 전쟁은 일시 중단되었다. 그렇게 분단이 고착된 채 양측의 갈등은 현재까지 이어지고 있다.

바로 그 전쟁이 일어나기 전, 어머니는 아버지를 만났다. 나를 임신한 것도, 내가 태어난 것도, 그리고 엄혹한 전쟁이 벌어진 것도 어머니가 원치 않는 일이었다. 어머니는 이 땅에 머물고 싶어하지 않으셨다. 무슨 수를 써서라도 일본에 돌아가 계속 공부를 하고 싶어하셨다. 어머니는 갓난아이인 나를 친정어머니에게 맡긴 채 일본에 계신 외삼촌을 찾아 떠나셨다.

그때부터 나는 외할머니가 끓여주는 미음을 먹고, 어머니보다 한 살 어린 이모를 엄마라고 부르면서 살았다. 어머니는 내가 아홉 살 되던 해에 다시 한국으로 돌아오셨다. 실력 있는 신문 기자이자 영어와 일본어를 유창하게 구사하는 통역사로 활동하던 어머니는 그야말로 미모와

지성을 겸비한 여성이었다. 나라는 존재만 없었더라면, 어머니의 삶은 완벽했을지도 모른다.

하지만 어머니에게는 내가 있었다. 외할머니는 진짜 엄마가 돌아왔다고 이야기해주셨지만, 나는 믿기지 않았다. 그러다가 내가 열여섯 살 되던 해에 외할머니가 세상을 떠나셨다. 어머니는 독일인과 결혼한 뒤 나를 홀로 남겨둔 채 한국을 떠나셨다. 이후 줄곧 머나먼 타국에서 지내시다가 2007년 6월 29일 일흔일곱의 나이에 내 곁에서 인생을 마감하셨다.

지금부터 나는 70여 년 살아온 내 인생 이야기를 풀어놓으려 한다. 내 인생 가운데는 내 의지와 무관하게 운명처럼 주어진 부분이 있다. 가령 부모님이 원치 않았건만 내가 태어나게 된 것을 나는 운명으로 받아들였다. 이후 나는 낯선 독일에 와서 간호사로 일했고, 신학을 공부했고, 독일로 이주해서 살아가다가 죽음을 앞둔 이들을 돌보는 호스피스 단체를 만들었다. 또한 한 남자를 만나서 결혼했다가 이혼했고, 지금은 나를 사랑해주는 한 여성과 함께 살아가고 있다. 그러한 나의 삶은 어느 정도 내 의지로 만들어온 것이리라. 한편 내 앞에는 인간이라면 누구도 피해갈 수 없는 죽음의 시간이 놓여 있다. 이 시간은 인간이 정하는 걸까, 신이 정하는 걸까. 스스로 자신의 목숨을 끊는다면 인간의 선택일 수 있겠지만, 많은 이들에게 죽음의 시간은 신에 의해 결정될 것이다. 아직 당도하지 않았지만, 앞으로의 나에게 닥칠 일이다.

나는 내게 주어진 운명이 무엇이고, 내가 결정해온 것이 무엇인지 알고 싶었다. 언제 어디에서 어떻게 태어날지는 그 누구도 알 수 없지만, 자기 뜻대로 할 수 없는 여러 가지 상황과 환경도 있겠지만, 내가 살아가는 동안 어떤 선택을 해왔는지 가늠해보고 싶었다. 그것이 이 글을 쓰는 데로 나를 이끌었다.

나는 좋지 않은 환경에서 태어났고, 어머니의 미움을 받으며 자랐다. 나를 키워주신 외할머니가 영영 내 곁을 떠나셨을 때, 그래서 이 세상에 나를 사랑해주는 사람 하나 없이 홀로 남게 되었을 때, 내가 기댈 수 있는 존재는 오직 나 자신뿐이었다. 지금 돌이켜보면, 지독한 외로움과 슬픔이 가득했던 그 어린 시절이 있었기에 아이러니하게도 나는 나 자신이 진정 소중한 존재임을 알게 되었던 것 같다.

이제는 기나긴 시간이 지나, 나를 세상에 존재하게 해준 어머니와 아버지에게 감사한다. 그리고 내가 이 세상에서 가장 소중한 존재이며 신이 내려준 위대한 선물이라는 것을 인정한다. 내가 잘났기에, 예쁘기에, 훌륭하기에 그러한 것이 아니다. 인간이라는 존재 자체로 그러한 것이다.

그러니 이 세상을 떠나는 날까지, 나는 나 자신을 행복하게 해주고 싶다. 나 자신을 무례하게 대하지 않을 것이다. 나 자신에게 성내지 않을 것이다. 나 자신이 소중한 것처럼 다른 사람도 소중히 여길 것이다. 그렇게 나에 대한 마음을 타인에게 확장시켜나갈 것이다. 그것이 곧 세상을 아름답게 이끄는 길이라고 나는 믿는다.

지나고 보면 인생이란 문틈으로 지나가는 백마같이 짧다고 했던가. 돌이켜보니 내 인생이 그렇게 짧아 보이기도 한다. 하지만 그것이 내가 그토록 소중히 여기는 나라는 존재가 걸어온 길이다. 그 안에는 잘했든 못했든 내가 선택한 것들이 알알이 녹아 있다. 내 인생 이야기가 다른 누군가에게 자신의 존재를 소중히 여기게 만드는 데 보탬이 된다면 더 바랄 게 없겠다. 우리 모두는 그렇게 소중한 사람이다.

# 차례

1장

그 옛날, 나의 어린 시절

나는 1950년 1월 2일, 경남 마산에서 태어났다. 갓 태어난 내 옆에는 나를 낳아준 어머니와 산파, 그리고 줄곧 나를 사랑해주신 외할머니가 계셨다. 아버지는 보이질 않았다. 춥고 캄캄한 새벽이었다.

1945년 8월 15일, 조선은 35년간 이어진 일제 치하의 긴 압박에서 해방되었다. 일제강점기에 외가 사람들은 일본에 살고 있었는데, 해방이 되고 3년이 지나 외할아버지가 돌아가셨다. 이를 계기로 외삼촌 가족을 제외한 나머지 외가 식구들, 외할머니와 어머니와 이모 세 분은 고국으로 돌아오셨다. 하필이면 왜 마산에 정착했는지는 나도 모른다.

얼마 후 큰 이모는 결혼하여 대구로 떠나셨다. 외할머니와 어머니, 그리고 두 이모는 앞으로 살아갈 길이 보이질 않았다. 해방이 되었지만 나라는 어수선했고, 여자가 일을 해서 생계를 유지하는 게 만만치 않은 시절이었다.

외할머니는 밤낮으로 막일을 하셨고, 어머니와 둘째 이모는 동네 아이들을 돌봐주며 야간학교를 다녔다고 한다. 어머니는 좀 더 좋은 일자리를 찾아보려 동분서주했다. 하지만 모두가 어려운 시절이었으니, 열아홉의 앳된 여자가 어떤 일을 구할 수 있었겠는가. 어머니 아래로 둘째 이모가 열여덟 살, 막내 이모가 열여섯 살이었는데, 사는 게 꽤나 힘들고 퍽퍽했을 것이다.

자매들 중 가장 영리하고 예뻤던 어머니는 지인의 소개로 가정교사를 찾는다는 한 집을 찾아갔다. 고상하고 품위 있어 보이는 여자와 그녀의 남편이 어머니를 맞아주었다. 이야기가 순조롭게 되어서, 어머니는 며칠 뒤부터 그 집 작은아들의 가정교사로 일하기로 했다.

그런데 이틀 뒤 그 집 남편이 어머니를 찾아왔다. 할 말이 있으니 찻집에서 이야기하자고 했다. 이런저런 이야기를 나누었는데, 순진했던 어머니는 자상하고 부드러운 그 남자에게 반해버렸다. 그렇게 어머니에게 운명적인 첫사랑이 다가왔다. 행운인지 불운인지 알지 못한 채 어머니는 그 운명에 자신을 맡겼다. 그 남자는 어머니에게 더 좋은 데 취직시켜줄 테니 가정교사는 하지 말라고 했다.

어머니와 아버지는 그렇게 만났다. 서로 사랑하게 되었다. 나를 임신하게 되었다. 하지만 외할머니에겐 비밀로 하기로 했다.

그러던 어느 날, 젊은 여자가 우리 집을 찾아왔다. 어머니를 가정교사로 들이려 했던 바로 그 집 여자였다. 그녀는 아버지의 본처라고 했다. 고등학교를 다니는 큰아들과 국민학교에 다니는 작은아들이 있고, 지금 셋째를 임신중이라는 말을 털어놓으며 눈물을 내비쳤다. 그날 이후 어머니는 낙태 수술을 해서라도 나를 지우려 했다. 하지만 의사를 찾는 것도 문제였고, 수술비를 치를 경제적 여유도 없었다.

어머니는 갖은 시도를 다 했다. 매서운 추위가 몰아치

는 겨울날, 마산의 바닷가 물속에 본인이 쓰러질 정도까지 오래 몸을 담그기도 했다. 높은 언덕에 올라가 뛰어내려보기도 했다. 아이를 지울 수 있다는 약도 먹어보았다. 하지만 모두 실패로 끝났다. 하는 수 없이 나를 낳고서 백일이 지나면 아버지 본처에게 보내야겠다고 마음먹었다. 나는 그렇게 세상에 태어났다.

어머니가 스무 살 되던 해인 1950년 1월 2일, 반겨줄 이 없는 이 세상에 나는 어쩔 수 없이 태어났다. 태어날 때부터 어머니는 나를 보고 싶어하지 않았다. 나를 아버지 본처에게 보내는 것은 외할머니가 극구 반대하셨다. 결국 어머니는 내가 세 살 되던 해에 나를 외할머니에게 맡긴 뒤 본인이 태어나고 자란 일본으로 떠나셨다. 어머니에게 일본은 어린 시절의 따뜻했던 기억이 자리한 곳이자 이 모든 굴레를 벗어버리고 새로운 삶을 시작할 수 있는 곳이었다.

어머니가 한국을 떠나자 집안의 생계는 어머니보다 한 살 어린 둘째 이모가 책임져야 했다. 둘째 이모는 미군 부대에 있는 피엑스(매점)에 취직하면 돈을 많이 벌 수 있다는 말을 듣고서 열심히 영어를 배웠다. 당시의 미군 부대는 가난한 한국에서 그나마 돈이 돌던 곳이었다. 다행히 둘째 이모는 피엑스에 취직이 되었고, 거기서 번 돈으로 가족의 생계를 꾸려갈 수 있었다.

나는 둘째 이모를 엄마라고 불렀는데, 그럴 때마다 이모는 야단치며 말했다.

"네 엄마는 널 버리고 일본으로 공부하러 갔어. 나는 네 엄마 동생이니까 엄마라고 부르지 마!"

내가 아홉 살 되던 해인 1959년, 세련된 옷을 차려입은 여성이 우리 집을 찾아왔다. 그간 전혀 소식을 전해오지 않았던 우리 엄마라고 했다. 그때까지 나는 둘째 이모를 엄마라고 불렀는데, 진짜 엄마가 생긴 것이었다. 그렇게 예쁘고 멋쟁이인 여자가 나를 낳아준 어머니라니…….

그러나 기쁨도 잠시, 어머니는 나를 피하기만 했고 둘째 이모와도 늘 말다툼을 벌였다.

"언니는 어쩌면 그렇게 이기적이야? 자식을 낳았으면 책임을 져야지. 가족과는 아무런 상의도 없이 혼자서 불쑥 일본에 가더니, 어떻게 6년 동안 소식 하나 없이 지낼

...

1956년, 여섯 살 되던 해의 나. 마산의 둘째 이모
집에서 살던 때다. 너무 어려서 세상 물정을 몰
랐던 덕분일까. 불우하던 시절이지만 싱긋 지은
눈웃음만큼은 장난기 가득 귀여워 보인다.

수 있어? 대체 내가 무슨 죄야? 왜 내가 조카까지 책임져야 해? 언니는 자기 자식도 돌보지 않고 자기 꿈만 찾아간 매정한 어미야!

나도 언니처럼 공부하고 싶어. 대학도 가고 싶고, 멋도 부리고 싶어. 이제 인선이를 지 아비한테 데려다주겠다고 나한테 약속해. 알았지?"

둘째 이모는 어머니가 돌아온 뒤에도 우리 생계를 책임졌다. 미국인 군인과 사귀다가 결혼한 이모는 아들 둘을 낳고서도 피엑스에서 일하며 생활을 이어갔다. 그러다가 이모부가 서울로 발령을 받아 이사를 해야 하게 되었다. 둘째 이모는 이따금 집을 찾아오던 어머니에게 다짜고짜 쏘아붙였다.

"나는 다음 달에 서울로 이사해야 하고 이후엔 남편과 미국으로 떠날 거야. 그럼 엄마 생활비랑 인선이 학비, 그리고 막내 결혼 비용은 어떡할 거야? 지금까진 내가 언니 몫까지 가족을 책임졌으니, 앞으로는 언니가 가족을 부양해야 하지 않겠어?

언니는 나한테 인선이를 떠맡겨놓고 일본으로 공부하

러 갔다 왔잖아. 이제 나이가 들어 철 좀 드나 했더니 어머니와 동생은 안중에도 없고, 하나뿐인 딸 학비도 안 주는 정도를 넘어서 인선이한테 전혀 관심조차 없잖아? 그래도 되는 거야? 언니는 어쩜 그렇게 이기적이야? 언니 입고 다니는 옷이나 화장품, 가방을 보면 돈도 잘 버는 것 같은데, 이렇게 가족을 모른 척하다니 미안하지도 않아? 내가 미국 가고 나면 가족들은 굶어 죽게 내버려둘 거야?"

어머니는 그 말을 듣더니 아무런 대꾸도 하지 않은 채 집을 나가버렸다. 둘째 이모는 자기가 서울로 이사 가기 전에 나를 아버지 집에 데려다주라고 성화였다. 외할머니는 어떻게 키운 손녀인데 얘를 보내면 자기는 못 산다고 하시니 집안은 조용할 날이 없었다.

어머니는 둘째 이모와 마주치기 싫었는지, 이모가 일하러 나갔을 때만 집에 들르셨다. 어쩌다가 외할머니가 지난 이야기라도 꺼내시면, 어머니는 자신의 아픈 과거를 들추고 싶지 않았는지 버럭 화를 냈다. 나와는 눈만 마주쳐도 성내기 일쑤였다. 그런 어머니가 나는 무서웠다. 어머니로선 아버지와 닮은 나를 보면서 자기 인생의 과오를

되새김질하는 듯해서 고통스러웠을지도 모르겠다.

저 아이만 태어나지 않았더라도 내 인생이 달라졌을 텐데, 교양 있고 품위 있고 지적인 여성으로 출세할 수도 있었을 텐데……. 어머니는 자신이 계획한 인생 설계가 나 때문에 무너지는 허탈감을 느꼈던 것 같다.

그러나 그 모든 것을 받아들이기엔 나는 너무 어렸다. 일단 누구를 어머니라고 불러야 할지조차 알 수 없었다. 그리고 어머니가 나를 미워한다는 사실이 무엇보다도 슬펐다.

아버지의 대궐 같은 집,

그 부엌방에서 살던 나날들


어느 날엔가, 둘째 이모가 옷장에서 내 옷가지를 챙겼
다. 한 손으로는 옷 보따리를 들고, 다른 손으로는 내 손
을 잡고서 이모는 집을 나섰다. 나에게는 일언반구 아무
런 설명도 없었다. 차를 타고 30분 정도 가니 대궐 같은 큰
집이 보였다.

"여기가 오늘부터 네가 살 집이야. 이 집 마님이 네 큰
어머니니 말 잘 들어야 해!"

몇 번이나 이 말을 반복한 뒤 둘째 이모는 나를 데리고
안으로 들어갔다. 그 집에는 그때까지 한 번도 보지 못한
사람들이 있었다. 이모는 그 집 주인으로 보이는 젊은 여
자와 따로 한참 동안 이야기를 나눈 뒤 내 옷 보따리와 나
를 남겨두고 돌아갔다.

그 상황이 너무 갑작스럽고 충격적이어서 나는 아무런
말도 하지 못한 채 우두커니 서 있었다. 집안일을 돕는 가
정부 언니가 집 뒤편에 있는 부엌방으로 나를 데려갔다.

그 방은 가정부 언니의 방이었다. 언니는 네댓 명의 여자 아이들과 함께 그 방에서 살고 있으며, 나도 거기서 생활해야 한다고 일러주었다. 옆방에는 나와 비슷한 또래의, 국민학교에 다니는 남자 아이 셋을 비롯해 몇몇이 같이 살고 있다고 했다. 언니는 이 아이들이 모두 아버지는 같지만 어머니는 다르다고 했다. 본처가 아닌 여자들이 낳아서 이 집에 데려다준 아이들이 이렇게 모여 사는 것이었다. 나는 왜 우리가 이 집에서 함께 살아야 하는지 도무지 알 수 없었다.

그렇게 아버지 집에서의 생활이 시작되었다. 젊은 큰어머니와 우리 아버지라는 남자는 늘 싸웠다. 할머니와 할아버지는 우리를 봐도 모르는 척, 없는 사람인 척하며 지나다녔다. 부엌방과 그 옆방에 살던 이들은 그 집의 다른 사람들과 별개의 세계에 사는 것만 같았다.

큰어머니의 자식들과는 밥도 따로 먹고 학교도 따로 다녔다. 그 누구도 우리에게는 관심이 없었다. 학교에 다녀와도 숙제가 있는지 물어보는 사람이 없었다. 누군가 집에 대해 물어오면 아무도 없다고 말하라고 했다. 그러니 선생님의 가정 방문도 없었다. 우리 집에 놀러오고 싶어 하는 친구도 없었지만, 감히 친구를 데려올 엄두도 내지 못했다.

새 옷을 사주는 사람도 없었다. 가정부 언니가 한 달에 한 번쯤 옷가지를 빨아주었지만 양말은 늘 구멍투성이였다. 책가방은 너덜너덜할 때까지 들고 다녀야 했고, 신발도 남녀 상관없이 있는 대로 주워 신고 다녔다. 점심 도시락 반찬은 늘 김치나 무 꽁다리였다. 아침과 저녁은 할아버지, 할머니, 아버지, 어머니, 그 아들들이 다 먹고 나서야 우리 차례가 되었다. 그마저도 남은 음식을 먹으려고 서로 싸우는 바람에 결국에는 아무것도 먹지 못한 채 방바닥에 쏟아버릴 때가 많았다.

참을 수 없이 외할머니가 보고 싶어질 때면, 나는 신新마산에 있는 아버지 집에서 거의 두 시간을 걸어 구舊마산에 있는 외할머니 집까지 찾아갔다. 비가 장대같이 오던 그날도 나는 할머니가 너무 보고 싶어서 우산도 없이 신마산에서 구마산까지 걷고 또 걸었다. 온몸이 비에 젖은 채 할머니 집에 도착한 나를 보고 할머니는 통곡하셨다.

"아이고, 내 새끼가 이렇게 비를 쫄딱 맞고 왔구나."

할머니는 계속 우셨고, 나도 할머니를 따라 울었다.

"오늘은 너무 늦었으니 여기에서 자고 내일 내가 집에 데려다주마."

"할머니! 나 여기서 할머니랑 살면 안 돼?"

"엄마 성질 알잖아. 조금만 더 참고 살아. 내가 너희 엄마 기분 좋을 때 한번 얘기해볼게."

그날 밤 늦게 집에 돌아온 어머니는 나를 보더니 버럭 화부터 내셨다. 그러고는 내 손을 잡아 끌고 밖으로 나가셨다.

"내가 너한테 몇 번을 말해야 알아듣겠어? 여긴 네 집이 아니야. 너희 집은 신마산, 네 아버지가 사는 곳이야. 왜 내 말을 못 알아들어! 다시는 여기 오지 마! 알겠지?"

결국 나는 늦은 밤 눈물 얼룩진 얼굴로 다시 그 지옥 같은 집으로 돌아가야 했다. 나는 어른들을 이해할 수 없었다. 나를 구박하는 어머니도 싫었고, 아버지와 큰어머니라는 사람도 싫었다. 모두가 싫었다.

엄마가 모두 다른 아이들이 고아원처럼 우글거리는 집

에서 나는 무뚝뚝하고 말 없는 아이였다. 집은 지옥 같았는데, 학교생활도 순탄치 않았다. 학교에서 나는 외톨이였다. 늘 꼬질꼬질한 옷에 검정색 남자 고무신을 신고 학교에 가니 친구들은 나를 가까이하지 않았다. 고집불통인데다가 공부에는 관심이 없어 숙제도 해가지 않았으니 수업 시간에는 벌을 서느라 꿇어앉아 있는 일이 잦았다. 말수는 적었지만 반항심이 강해서 선생님에게 고분고분하지도 않았다. 담임선생님은 그런 나에게 아무런 관심도 두지 않았다.

학교생활에 정을 못 붙인 나는 자주 학교를 빼먹고서 바닷가에 갔다. 출렁이는 파도를 바라보며 조개를 줍거나 돌을 모아 장난을 치다가 저녁 늦게 집에 들어가곤 했다. 그런다고 해서 나에게 뭐라 하는 어른은 없었다. 아무도 나를 신경 쓰지 않았다. 집에 들어가서 나 같은 처지의 아이들이 기죽어 있는 모습을 보는 건 그것대로 고욕이었다. 우리는 한 지붕 아래 살지만 대화를 모르는 가족 같았다. 그렇게 나와 그 아이들은 웃지 않는 사람이 되어 갔다.

우리는 늘 누더기 같은 옷을 입고서 겨우 끼니를 얻어

...

1950년대 마산의 모습. 그때 그 시절은 대부분 그러했겠지만, 마산 역시 동네마다 판잣집이 가득했다. 그래도 가까이 있던 푸른 바다는 마음 붙일 곳 없는 나에게 일종의 놀이터이자 속내를 털어놓을 수 있는 친구가 되어주었다.

먹으며 살았다. 우리를 버린 어머니와 같이 살 수 있는 날이 오리라는 것, 그것만이 부엌방과 그 옆방에 사는 아이들의 유일한 희망이었다. 나는 외할머니와 단 둘이 살 수 있는 날이 오기를 손꼽아 기다리고 또 기다렸다.

어느 날엔가 학교에서 수업을 마치고 집에 돌아왔는데 마당에 경찰들이 있었다. 이들은 큰어머니와 한참 동안 이야기를 나누다가 돌아갔다. 무슨 일인지 영문을 몰라 어리둥절했는데, 가정부 언니가 사정을 일러주었다. 부엌방에서 함께 살던 한 언니가 자기 처지를 비관해 약을 먹고 자살을 기도한 것이었다. 다행히 가정부 언니가 빨리 발견해서 경찰서에 연락했고, 구급차를 불러 병원으로 이송했다고 한다. 자살을 기도한 언니의 친엄마는 진주에 사는 기생이라고 했다. 언니는 병원에 실려 간 뒤 다시는 집으로 돌아오지 않았다.

가끔씩 나를 챙겨주곤 했던 그 언니에 대해 누구도 말을 꺼내지 않았다. 그간 한솥밥을 먹고 살아온 가족 중 한 사람이 너무 힘들어서 자살을 기도했는데, 아무도 궁금해하는 사람이 없었다.

비참한 생각이 들었다. 내가 죽어도 그렇겠지? 나를 낳아준 생모도 세상에 태어나지 말았어야 하는데 악착같이 살아남았다며 나를 구박하지 않았던가. 나는 정말 왜 태어났지? 내가 원해서 이 세상에 태어난 건 아닌데.

나와 함께 살던 아이들 모두가 그랬다. 우리가 무엇을 먹는지, 어떤 걸 입는지, 학교에 잘 다니는지, 몸이 아프진 않은지 신경 쓰는 사람은 아무도 없었다. 자살을 기도한 언니는 예전에 우리에게 이런 말을 했다.

"우리가 고아원에 사는 것보다 더 비참한 생활을 하고 있다는 걸 너희는 알고 있어? 고아원에서도 이 집에서처럼 사람을 학대하진 않을 거야. 우리 꼴 좀 봐. 거지도 우리보단 나을 거야. 난 고등학교 졸업하는 날에 이 집을 나갈 거야. 이 집은 정말 지긋지긋해!"

외롭고 슬픈 마음이 물밀듯 밀려들던 어느 날, 나는 다시 바닷가에 가서 꺼이꺼이 울었다. 앞으로 나는 어떻게 살아야 하지? 누구도 내 존재를 들여다보지 않는 그 집에서 나는 어떻게 살아갈 수 있을까? 참으로 앞이 캄캄했다.

오랫동안 바닷가에서 울다가 밤늦게 집에 돌아갔다. 내

가 집에 없다는 걸 아무도 눈치채지 못한 것 같아 슬며시 부엌으로 들어갔다. 그때 가정부 언니가 나를 붙잡고는 말을 꺼냈다.

"오늘 경찰이 와서 상철이를 잡아갔는데, 넌 어디를 나돌아 다니다가 이제 와?"

우리 중에서도 유별나게 반항적이었던 상철이가 집 모퉁이에 있는 구멍가게를 털어 돈을 훔치고, 가게 보시던 할머니까지 밀친 모양이었다. 지나가던 옆집 아저씨가 쓰러져 있는 할머니를 발견해서 병원으로 옮기고, 상철이는 경찰이 와서 잡아갔다고 했다.

열두 살 소년 상철이는 거칠고 폭력적이어서 동네 아이들도 곧잘 때렸고 학교에서도 퇴학당한 터였다. 경찰에 잡혀가는 사달이 일어나기 전날, 상철이는 며칠 뒤면 자기 생일이라며 이제 열세 살이 되니 앞으로 이 집을 나갈 날도 멀지 않았다고 좋아했었다. 말썽을 피우는 게 일상이긴 했지만, 어쨌든 상철이가 경찰에게 잡혀 갔는데도 어른들은 무심하게 아무 말도 없었다.

나를 포함한 그 집 여자 아이들은 조금씩 커가면서 이

런저런 집안일을 거들어야 했다. 빨래와 청소, 부엌일은 여자 아이들의 몫이었다. 처지가 딱해 보였는지, 함께 지내던 가정부 언니는 우리가 왜 그 집에 모여 살게 되었는지를 비롯해서 집안 돌아가는 이야기를 해주곤 했다. 우리를 그 집에 데려다준 사람은 누구인지, 어쩌다가 그 집에 들어왔는지, 그 집 큰어머니와 아버지는 왜 늘 싸우는지 등등을 우리는 언니를 통해 알 수 있었다.

아버지는 부잣집 외동아들이고 색소폰 연주자인데, 마작을 즐기고 여자를 좋아한다고 했다. 그리고 우리는 모두 아버지가 바람을 피워서 태어난 아이들이었다. 제각각 다른 여자들에게서 태어났고, 그렇다 보니 아버지와 큰어머니 사이에 다툼이 잦다고 했다.

그 집의 안주인인 아버지의 본처, 아버지와 정식으로 혼인한 호적상 부인이자 가문의 며느리인 여자, 우리 모두가 큰어머니라고 부르는 그 집 안방마님은 자주 아버지와 말다툼을 벌였지만 우리를 심하게 구박하진 않았다. 부유한 가정에서 고생 모르고 살았으며, 시집 올 때도 엄청난 지참금을 들고 왔다고 한다. 화목한 가정을 꿈꾸며 부잣집으로 시집 와서 잘생긴 남자의 아내로 아들들을 출산하고 시부모를 모시며 부족함 없이 사는 것 같아 보이는 이 집의 안주인, 품위 있고 고상해 보이는 그 여인의 삶은 결코 행복하지 않았다.

부부 싸움이 커질 때면, 아버지는 큰어머니를 때리곤 했다. 그럴 때면 아이들은 도시락도 내팽겨둔 채 학교로 도망쳤다. 큰어머니는 아이들을 고아원에든 생모에게든 보내버리라고 소리 질렀고, 아버지는 그럴 수 없다며 맞받아쳤다. 이 싸움은 내가 그 집을 떠날 때까지 계속됐다. 할아버지와 할머니는 아무 말도 못한 채 며느리의 눈치만 보고 살아야 하는 처지였다.

이따금 나에게 말을 걸고 나를 챙겨주곤 했던 언니가 자살을 기도해 병원에 실려 간 뒤, 나는 더욱 침울해졌다. 이야기 나눌 사람도 없었고, 그 집에 사는 것이 더더욱 악몽 같았다. 당시에 그 집에는 할아버지와 할머니, 아버지와 큰어머니, 큰어머니에게서 태어난 오빠와 나와 동갑인 남자 아이, 그리고 나중에 태어난 남동생, 가정부 언니, 거기에다가 아무도 신경 써주지 않는 아이들이 나를 포함해 줄줄이 열 명이나 있었다. 국민학교에 다니는 남자 아이 세 명, 중학교를 다니다가 퇴학당한 오빠 한 명, 나보다 어린 여자 아이 세 명, 나와 동갑인 여자 아이 한 명, 고등학교 2학년생인 언니, 그리고 나. 열여덟 명이 살아가는 집에서 매일 되풀이되는 싸움은 우리 모두를 힘들게 했다. 하지만 문제를 해결할 수 있는 어른들은 그 상황에 익숙해져 있었다.

그 아이들과 나는 친어머니에게 버림받고 사랑보다는 미움 가운데서 자랄 운명으로 태어난 걸까? 어른들의 장난으로 이 세상에 태어난 것이 우리 잘못은 아니잖은가? 왜 우리를 낳아준 친어머니조차 우리를 버렸는지, 왜 우리가 이 집에서 미움받고 살아야 하는지, 앞으로 우리가 어떻게 살아가야 하는지 말해주는 어른은 없었다. 어른들조차 그 이유와 방법을 몰랐던 걸까?

우리는 미움과 꾸지람 속에서 어른들의 눈치를 보며 거지처럼 살아야 했다. 반면에 큰어머니에게서 태어난 세 아들들은 우리와 전혀 다르게 깨끗한 옷을 입고 기름진 밥을 먹고 따뜻하고 넓은 방에서 부러울 것 없이 살았다.

그 집의 어른들, 그리고 그 아들들은 너무나도 당당하게 우리와는 전혀 다른 세상에서 살아가고 있었다.

어머니는 달랐지만 비슷한 운명을 타고나서 힘들게 살았던 우리는 하나둘 그 집을 떠났다. 언제 어디로 떠나는지도 모르게 떠났다. 이후로는 전혀 소식을 알 수 없다. 세상이 그리고 부모가 원치 않았던 존재, 책임져야 하는 어른들조차 외면했던 아이들, 그들은 지금 어디에서 어떻게 살아가고 있을까.

이런 사연은 가난하고 척박했던 당시의 한국에서 흔히 있을 법한 이야기일지도 모르겠다. 하지만 내게는 일흔 살 인생을 살아온 지금까지 선명하게 기억 속에 남아 있는 서러움의 세월이다. 과거의 아픔은 나이를 먹으며 잊히는 게 아니라 더욱 선명하게 되살아나곤 한다. 그만큼 인생에 깊이 각인된 것이기에 그러할 것이다.

그 시절 나를 사랑해준 유일한 존재,
외할머니와 다시 만나다


아버지 집에서 함께 살던 아이들이 하나둘 그 집을 떠나갔듯이, 내 인생에도 변화가 찾아왔다.

해방 후에도 계속 일본에 계시던 외삼촌이 외할머니를 모셔 가겠다고 통보해왔다. 외할머니는 처음엔 나와 함께 가 아니라면 일본에 가지 않겠다고 완강히 버티셨지만, 어쩔 수 없이 아들 곁에 가셔야만 하는 상황이었다. 외할머니는 보다 못해 이모들에게 이렇게 말씀하셨다.

"내가 일본에 가서 살아야 한다면, 인선이는 너희가 함께 생활하면서 공부도 시키고 잘 크도록 도와줘야 한다. 너희를 못 믿겠으니, 내가 일본 가기 전에 인선이를 집으로 데려오는 걸 내 눈으로 봐야겠다."

외할머니 덕분에 나는 아버지 집에서 나올 수 있었다. 내가 돌아온 걸 보고 나서야 외할머니는 일본으로 떠나셨다. 하지만 내가 살 곳은 마땅찮았다. 하는 수 없이 나는 막내 이모네 집에 들어갔다. 막내 이모부는 군인이었는데, 직업의 특성상 여러 도시를 떠돌아다녀야 했다. 나도 함께 떠돌아야 했다. 학교를 자주 옮겨야 했고, 아이들과 친해질 시간이 없으니 나는 늘 불안했다. 학교에 가지 않는 날이 허다했고, 거리를 쏘다니다가 저녁 늦게 집에 돌아오곤 했다. 간혹 학교에 가도 수업 시간에 장난을 치거나 만화를 보다가 들켜서 복도에서 벌서는 날이 많았다. 선생님들에게 나는 늘 다루기 힘든 아이로 알려져 있었다.

그런 생활이 3년쯤 이어졌는데, 서울에 살던 둘째 이모에게 연락이 왔다. 내가 너무 보고 싶어서 일본에선 못 살겠다며 외할머니가 한국에 오신다니 나더러 서울로 오라는 것이었다. 어렵게 외할머니를 일본으로 모셔간 외삼촌은 이 일로 외할머니와 심하게 다투셨다고 한다. 그러나 할머니가 다시 한국에 오신다는 것은 내게 얼마나 기쁜 소식인가! 나는 며칠간 잠도 제대로 못 자고 할머니를 만날 날을 손꼽아 기다렸다. 외삼촌뿐만 아니라 한국에 있던 어머니와 이모들도 모두 반대했지만, 외할머니는 결국 한국으로 돌아오셨다.

그렇게 나의 서울살이가 시작되었다. 나는 외할머니, 둘째 이모와 이모부, 이모의 두 아들과 한집에 살게 되었다. 어머니는 가끔 들러 생활비만 놓고 갈 뿐이었다. 외할머니와 살게 된 것은 기쁜 일이었지만, 다른 한편으로는 외할머니가 다시 나를 떠날 것만 같아 불안하기도 했다. 또한 중학교에 다니던 나는 서울로 전학해야 했고, 다시 새로운 친구들을 사귀어야 했다. 그동안 줄곧 그랬던 것처럼 새로운 환경에 적응해야 했다. 사춘기에 접어든 나는 이런 생활에 지쳐가고 있었다. 학교에서는 선생님에게 줄곧 반항했다. 내 출생과 가정환경에 대한 비관, 어른들에 대한 미움과 분노가 점점 커져만 갔다.

그러던 어느 날이던가. 미성년자 관람 불가인 미국 영화 〈춘희〉Camille가 너무 보고 싶어서 이모 옷을 몰래 가지고 나와 화장실에서 갈아입은 뒤 머플러를 뒤집어쓰고 극장에 갔다. 신나게 영화를 보고 있는데 누군가 내 어깨를 툭툭 쳤다. "재미있어?" 뒤돌아보니 훈육 선생님이었다. 나는 당황했지만 선생님을 쳐다보고 이렇게 말했다. "벌은 학교 가서 받을 테니 영화는 다 보고 가면 안 될까요?"

선생님은 너무 어이가 없었는지 한참 동안 나를 쳐다만 보다가 "그래, 네 맘대로 한번 해봐라!" 하시고는 고개를 절레절레 흔들며 자리를 뜨셨다. 그다음 날부터 2주 동안 방과 후에 교실 청소를 해야 했지만, 선생님은 더 이상 아무런 말도 하지 않으셨다.

한편 둘째 이모는 서울에서도 여전히 가족의 생계를 책임지느라 피엑스에서 점원으로 일하고 있었다. 하지만 이모부가 군에서 제대하게 되면서 이모네 가족은 이모부의 본국인 미국으로 떠나게 되었다. 그때부터 나와 외할머니는 전적으로 어머니에게 의지하며 살아야 했다.

미국으로 간 둘째 이모네 가족은 미국 생활이 너무 힘들어서 집단 자살을 기도했다. 한국에서의 생활이 넉넉지 않았지만 미국에서의 생활은 더더욱 힘들었던 것이다. 결국 이모부와 작은 아들은 죽었지만 큰아들과 이모는 살아남았다고 한다. 어머니와 외할머니는 둘째 이모가 이후로도 비참한 생활을 이어간다는 얘기를 주고받으시곤 했다.

어리긴 했지만 나도 세상을 살아가는 게 얼마나 팍팍한지 짐작하고 있었다. 모두가 힘들게 살던 그 시절에 많은 사람들은 가족과 뿔뿔이 헤어져야만 했다. 먹을 게 없어서 구걸을 해야 했고, 아예 저세상으로 사라져버리지 않으려면 무슨 일이든 해야 했다. 그렇게 근근이 삶을 버텨야 했다.

나와 외할머니가 둘째 이모네 살 적에 어머니는 며칠에 한 번씩 잠깐 들러서 생활비를 건네주고 갔다. 나와 눈이라도 마주치면 모른 척 고개를 돌렸고, 집에 올 때마다 외할머니와 심하게 다퉜다. 자기 삶을 망쳐놓은 남자를 닮은 나를 보면 원망과 분노가 올라왔고, 시간이 지날수록 그 감정은 더욱 심해졌던 것 같다. 이 고통이 어머니를 힘들게 했고, 나는 그 화풀이를 모두 감수해야만 했다.

둘째 이모가 미국으로 떠난 뒤 어머니는 나와 외할머니가 살아가는 데 필요한 생활비, 그리고 내 학비를 주겠다고 하셨다. 그 대신 그때 살던 곳에서 계속 지내기를 바라셨다. 하지만 외할머니의 반대가 완강했다.

"인선이가 또 전학을 하면 힘들기야 하겠지만, 이제부터 인선이와 나는 너와 같이 살아야 해. 이제 네 말은 믿을수 없으니 너희 집 근처에 우리가 살 방을 구해줘. 아니면

...

한복을 차려입은 곱디고운 어머니. 꿈이
크고 능력 있는 여성이었지만, 그런 어머
니에게 나는 자신의 꿈을 가로막는 존재
였다. 그러했기에 어머니는 끊임없이 나
에게 화를 내셨고, 나는 그것을 오롯이 감
수해야만 했다.

우리가 너희 집으로 들어갈 거야."

한동안 망설이던 어머니는 결국 어머니가 계시던 인천에 우리가 머물 방을 구해주셨고 가정부 언니도 들여주셨다. 어머니는 일주일에 한 번 정도 우리 집에 들르셨고, 매달 생활비와 학비를 갖다주셨다. 나는 또다시 학교를 옮겨야 했지만 별 어려움 없이 그런대로 잘 적응했다. 무엇보다도 눈치 볼 사람 없이 외할머니와 함께 살 수 있어서 행복했다. 이 세상에서 나를 가장 사랑해준 할머니, 그 할머니의 사랑이 없었다면 나는 어떻게 되었을까.

그러던 어느 날, 아버지에게 한 장의 편지가 왔다.

인선 읽어보아라.

외할머니는 건강하시고 어머니와 너도 잘 지내고 있으리라 믿는다. 너도 이제 많이 컸겠구나. 이곳 가족들도 모두 잘 지내고 있다.

네 큰오빠가 지금 서울에서 외국어 대학에 다니는 것을 너도 들어 알고 있으리라 생각한다. 그런데 남자 혼자 자취를 하고 있으니 어려움이 많다고 하더구나. 마

침 네가 서울에 살고 있으니 시간 나는 대로 오빠에게

가서 밑반찬도 해주고 빨래나 청소도 해주면 오빠에게

많은 도움이 될 것이다.

객지에서 너도 외로울 테니, 그래도 핏줄인데 서로 돕

고 살면 얼마나 좋겠느냐. 아래에 오빠의 주소를 적어

두었으니 찾아가보기 바란다.

애비 보냄

한글을 못 읽는 외할머니께 그 편지를 읽어드리면서 나
는 마음속 깊은 곳에서부터 끓어오르는 화를 참을 길이
없었다. 어떻게 나한테 이런 편지를 보낼 수 있을까? 당신
자신이 저지른 잘못으로 얼마나 많은 여자들과 아이들이
불행하게 살고 있는데, 무슨 염치로 나한테 이런 편지를
보낼 수 있을까? 나는 흥분한 채 할머니에게 울분을 털어
놓았다.

"아버지가 무슨 자격으로 나한테 이런 편지를 보내요?
할머니는 이해가 가요? 나는 도저히 아버지를 용서할 수
없어요. 어떻게 나한테 이런 부탁을 할 수 있어요?"

내 말을 다 듣고서도 할머니는 아무런 대꾸를 하지 않으셨다. 하지만 저녁에 집에 오신 어머니의 반응은 달랐다. 외할머니에게 소식을 전해 들은 어머니는 자는 척하는 나를 깨워서 호되게 야단치셨다.

"네가 어디서 태어났는데! 아버지 없는 자식이 어디 있어? 누가 널 그렇게 가르쳤어? 아버지가 오빠 도와주라는 게 그렇게 잘못된 일이야?"

나는 어머니를 이해할 수 없었다. 아니, 어른들을 이해할 수 없었다. 어머니도, 아버지도, 외할머니도……. 아버지가 저지른 잘못 때문에 얼마나 많은 사람들이 불행하게 살고 있는데, 그런 아버지를 두둔하다니.

그 일로 우리 모녀 관계는 더욱 멀어졌다. 일본에서 돌아온 뒤 어머니는 갖은 애를 써가며 자신이 꿈꾸는 일을 찾아 헤맸다. 결국 유창한 일어와 영어 실력 덕분에 신문사에 기자로 취직했다. 하지만 현실은 녹록지 않았다. 어머니는 자신이 미혼모라는 사실을 숨기며 살아가야만 했다. 게다가 둘째 이모가 미국으로 떠나고 나서는 내 학비를 비롯해 나와 외할머니의 생활비를 책임져야 했으니 부담도 컸을 것이다. 그래서 내가 더 미웠을 것이고, 나만 보면 화를 냈을 것이다. 나는 그런 어머니를 도저히 사랑할 수 없었다.

생활비를 주러 올 때마다 어머니는 외할머니와 말다툼을 벌이며 이런 말을 늘어놓았다.

"대체 아이 교육을 어떻게 시키는 거예요? 죽을 때 무덤까지 데리고 가요. 저렇게 손녀를 상전 모시듯 일도 안 시키고 하니 아이가 버릇없고 제멋대로지요."

그런 싸늘한 말에도 아랑곳없이 외할머니의 나에 대한 사랑은 각별했다. 학교에서 숙제라도 받아오면 옆에서 연필을 깎아주며 숙제를 모두 마칠 때까지 나를 하염없이 지켜봐주셨다.

그런데 외할머니와 내가 미워서였을까. 언젠가부터 어머니가 우리를 찾아오지 않았다. 어머니가 매달 주는 생활비로 빠듯하게 살아야 하는 형편이라 외할머니는 답답했을 것이다. 하지만 할머니와 나는 어머니가 어디서 누구와 어떻게 생활하는지, 심지어 어떤 신문사에 다니는지조차 정확히 알지 못했다.

그러다가 불쑥 찾아온 어머니는 직장을 옮겼으니 우리도 이사를 가야 한다며 짐을 꾸리라고 했다. 우리는 또다시 거처를 옮겼다. 그에 따라 나 역시 전학을 가야 했다.

사랑하는 이와의 영원한 이별,
또 다른 변화의 조짐

계절이 바뀔 때마다 외할머니의 고질병인 해수병(기침
을 심하게 하는 병)이 심해져 갔다. 그사이에 우리 집에서 일
하던 가정부 언니가 시집을 간지라 나와 막내 이모가 번
갈아가며 할머니를 돌봐드려야 했다. 할머니는 기침이 심
해서 늘 앉은 자세로 지내셨다. 치료는 거의 불가능했고,
밤낮으로 누군가가 붙어서 할머니를 돌봐야 했다.

어느 날 오후, 집에 들른 어머니는 나를 부르더니 돈을
쥐여주며 다정하게 이야기하셨다.

"오늘은 내가 할머니를 지키고 있을 테니 극장 구경이
라도 다녀오렴."

평소와는 자못 다른 어머니의 태도가 의아했지만, 나는
그 돈을 받아들고 영화를 보러 갔다. 그러고 나서 집으로
돌아오는데 대문 밖으로 어머니의 통곡 소리가 들려왔다.
그 순간 알아챘다.

'할머니가 돌아가셨구나! 난 이제 어떻게 살아가지?'

...

항상 나에게 분노를 쏟아냈던 어머니, 반면 항상
나를 사랑으로 감싸주셨던 외할머니와 함께. 외
할머니가 없었더라면 나는 그 어둡고 캄캄했던
어린 시절을 견뎌내지 못했을 것이다.

이 세상에서 유일하게 나를 아끼고 사랑해주셨던 외할머니는 그렇게 내 곁을 떠나가셨다. 너무나 기막힌, 갑자기 고아가 된 기분이었다. 나는 장례식에서 꺼이꺼이 울며 외할머니를 떠나보내 드렸다.

어머니는 장례식이 끝나자마자 기다렸다는 듯이 결혼 수속을 밟으셨다. 그러고는 1966년 한국을 떠나셨다.

"할머니는 돌아가셨어. 이제 너도 고등학생이니 열심히 공부해서 좋은 성적으로 졸업하도록 해. 앞으론 막내 이모랑 같이 살게 될 거야. 내가 어느 나라든 정착하는 대로 이모 앞으로 네 학비와 생활비를 보내줄 테니 걱정하지 말고."

어머니와 결혼한 이는 당시 인천의 인하공대에 파견된 독일인이었다. 1954년 4월에 설립된 인하공대는 금속과, 기계과, 광산과, 전기과, 조선과, 화공과 등 6개 학과를 개설했으며, 정부와 유네스코 및 독일 정부의 보조를 받아 현대식 실습실을 갖추었다. 계부는 유엔 직원으로 제3세계 국가를 원조하는 프로젝트를 담당했는데, 당시에 후진국이었던 한국에 들어와 인하공대의 운영을 도우며 기술을 가르치셨다. 그리고 어머니는 계부의 통역을 맡았다가 그와 결혼까지 하게 된 것이었다.

나는 이후 독일에 가서 계부가 한 번 결혼했다가 이혼했고 성인이 된 아들과 딸이 있다는 것을 알게 되었다. 계부는 그때까지 내가 어머니의 친딸이라는 사실을 모르고 있었다.

그렇게 어머니는 한국을 떠나셨고, 나는 막내 이모네 집으로 거처를 옮겼다. 하지만 그것도 잠시, 둘째 이모의 초청으로 막내 이모는 미국 이민을 결정하셨다. 막내 이모는 어떻게 하나뿐인 자식을 한국에 홀로 두고 외국으로 떠나버릴 수 있느냐는 편지를 어머니에게 계속해서 보내셨다고 한다. 나의 미래는 아무런 대책 없이 캄캄하기만 했다.

자신이 미혼모라는 사실을 밝히지 못한 어머니는 어쩔 수 없이 남편에게 거짓말을 했다. 내가 미국으로 이민 간 동생의 혼외 자식인데, 동생의 남편한테 얘기할 수 없어서 한국에 홀로 남아 있으며 나를 입양하면 안 되겠느냐고 한 것이다. 계부는 왜 자신이 그 아이를 입양해야 하느

나며 완강히 반대했다.

한국을 떠나면서 정기적으로 송금해주겠다는 어머니의 약속은 지켜지지 않았다. 그러니 내 생활은 참으로 비참했다. 일찍 결혼해 대구에서 가정을 이루고 손자까지 둔 큰 이모는 경제적으로 너무 어려워서 오히려 내가 도움을 드리고 싶을 지경이었다.

막내 이모가 이민을 가기 전까지 나는 그 집에서 생활을 이어 나갔다. 고등학교에 다니던 나는, 학교에 다녀온 뒤 남의 집 아이를 돌봐주거나 가겟집 청소와 빨래를 해주면서 조금이라도 돈을 벌어야 했다. 하지만 그런 일들은 별반 돈벌이가 되지 않았고 장기적으로 할 수 있는 것도 아니었다.

2장

낯선 나라에서 새로운 삶을 시작하다

막내 이모네 가족마저 미국으로 떠나고 나니 내 생활은 더욱 힘들어졌다. 다행히도 이모는 내가 고등학교를 졸업할 때까지 머물 수 있도록 한국을 떠나기 전에 함께 살던 전셋집의 계약 기간을 연장해주었다. 하지만 나에게는 아무리 절약해도 고등학교를 졸업할 때까지의 학비와 생활비를 해결하기에는 턱없이 부족한 돈만 남아 있었다.

홀로 막막하기만 했던 나는 용기를 내서 체육 선생님을 찾아갔다. 학교에서 말썽만 부리던 나를 그나마 따뜻하게 대해준 분이었다. 이게 내가 할 수 있는 마지막 방법이라고 생각하니 부끄러울 것도, 무서울 것도 없었다.

체육 수업이 있던 날, 나는 수업을 마친 뒤 선생님을 찾아가 내 어려운 사정을 상세히 말씀드렸다. 그러고는 학교를 계속 다니면서 내가 할 수 있는 일을 찾아달라고 선생님께 매달렸다. 선생님은 물끄러미 나를 바라보시더니, 알아보고 알려주겠다 하며 내 어깨를 다독여주셨다.

다급한 마음에 선생님께 부탁은 했지만, 과연 내가 무슨 일을 할 수 있을지 두려웠다. 그렇지만 살아남으려면 어떤 힘든 일이라도 감수해야 했다. 선생님은 방과 후에 다섯 살짜리 어린아이를 돌보는 일을 소개해주셨다. 그저 감사할 따름이었다. 나는 학교가 끝나면 거의 그 집에서 살다시피 하면서 아이를 돌봐주고 겨우 고등학교를 졸업할 수 있었다.

하지만 이후부터는 살아갈 일이 더욱 막막했다. 기댈 데 없이 살아가는 처지라 좋은 직장에 취직할 가능성은 없었다. 대학 진학은 꿈조차 꿀 수 없었다.

앞으로 나는 무얼 하고 살아야 하지? 다시 아버지를 찾아가볼까? 아니야. 그건 정말 아니야! 그동안 살아온 세월을 되돌아보면 내가 무슨 삼류 소설의 주인공 같았다.

나는 왜 이렇게 태어나야 했을까? 어머니는 내 미래가 이렇게 펼쳐지리라는 걸 미리 알고 계셨던 걸까?

그때까지의 나는 어머니의 학대, 아버지의 무관심, 아버지 본처와 그 집 가족들의 비하를 견뎌내면서 외할머니의 무조건적인 사랑의 힘으로 버텨왔다. 하지만 외할머니는 돌아가셨고, 가족들은 나를 버리고 떠났으며, 결국 나는 한국에서 혈혈단신이 되었다. 고아는 아니었지만 고아나 다름없었다. 어떻게 내 삶을 꾸려가야 할지 물어볼 사람이 없었고, 수중에 가진 것도 없었다. 그저 막막하기만 했다. 그러던 중 한국을 떠난 어머니가 처음으로 아프리카에서 편지를 보내왔다.

인선 보아라!

막내 이모가 미국 갔다는 소식은 들었다. 고등학교는 졸업했으니 어디 공장에라도 취직해서 살아가겠구나. 나는 처음에 태국으로 나갔다가 스위스를 거쳐 지금은 아프리카 잠비아에 와 있다. 앞으로 6개월쯤 여기 있다가 독일로 갈 예정이다. 아저씨(계부)와 상의해봤는데,

내년 초에 우리가 너를 간호 학생으로 독일에 초청하려고 한다. 그리 알고 너도 준비를 해라.

1966년부터 한국에서는 한국해외개발공사를 통해 간호사와 간호조무사를 독일로 보내고 있다고 한다. 독일에 간호사가 모자라서다. 그러니 독일에 와서 공부를 한 뒤 간호사로 일하면 좋을 것이다. 독일에서 살아가려면 우선 독일 말을 배우는 게 제일 중요하니 학원에라도 가서 열심히 공부하기 바란다. 내가 독일로 가는 즉시 다시 연락하마.


차후에 알게 된바, 미국에 있던 이모들과 일본에 거주하던 외삼촌은 어머니에게 나에 대한 무책임을 질책하는 편지를 계속 보냈다고 한다. 그 덕분에 어머니는 대책을 세워 나에게 편지를 보낸 것이었다. 계부인 드레슨 씨는 당시 독일의 수도였던 본에 있는 성 요하네스 병원의 간호 학생으로 나를 초청해주었다. 드레슨 씨의 아버님은 건축가였는데, 그분이 성 요하네스 병원 증축에 참여했던 인연이 있어 도움을 청한 것이었다.

외할머니에 대한 것을 제외하고는 좋은 추억이라곤 아무것도 없는 한국, 늘 사랑에 목말랐지만 어디를 가든 외톨이였던 나는 이 땅을 떠나고 싶었다. 외할머니도 돌아가신 지금, 내가 한국에 남아 있을 이유는 없었다. 그래, 가자. 나는 이 땅을 떠나야 해. 독일로 가서 새로운 삶을 시작하는 거야.

그렇게 마음을 먹고 나니 마음이 부풀어 올랐다. 나는 독일에서의 생활을 준비하기 위해 외국어 학원에 등록한 뒤 독일어를 배우기 시작했다. 독일이 어떤 나라인지 알아보려고 관련 책도 구입해 읽어보았다. 일말의 두려움이 있었지만 설렘이 더 컸다. 그런 마음을 품고 나는 1972년 9월의 어느 날 독일행 비행기에 올랐다. 내가 가야 할 곳은 본이었지만, 본 공항은 워낙 규모가 작아서 국제선 비행기가 이착륙하는 쾰른 공항으로 가야 했다. 내 나이 스물두 살 때였다.

언어와 문화가 다른 타국에서의
낯설고 고된 시간들


퀼른 공항에서 입국 수속을 마치고 나왔는데, 아무리
둘러봐도 어머니가 보이질 않았다. 그때 나이 들어 보이
는 수녀님 한 분이 두리번거리는 내 앞으로 다가와 독일
어로 말을 건네셨다. 한국에서 잠깐 독일어를 배웠지만,
무슨 말인지 도무지 알 수 없었다. 수녀님은 종이에다가
독일어 몇 문장을 적은 뒤 나에게 보여주셨다. 자기 이름
은 마리아인데, 내가 한국에서 온 김인선이냐는 것이었
다. 그때서야 나는 그분이 내가 공부할 성 요하네스 병원
의 마리아 원장 수녀님인 것을 알아차렸다.

수녀님은 본에 있는 병원으로 나를 데려가셨다. 다행
히도 그곳에는 1년간 수녀원 일을 돕고 있던 한국인 수녀
님이 계셨다. 그분이 내 말을 통역해주신 덕분에 나는 사
람들과 이야기를 나눌 수 있었다. 마리아 수녀님은 이모
부가 나를 소개해주었으며, 이모와 이모부가 지금 독일에
안 계시니 그분들이 올 때까지 나를 도와주겠다고 하셨

다. 수녀님의 말을 듣고서는, 내가 자신의 딸이라는 사실을 속여야 하는 어머니의 처지가 가엾고 딱하다는 생각이 들었다.

그다음 날부터 시작된 나의 하루 일과는 이러했다. 새벽에 성당에 가서 기도를 하고, 수녀님들과 함께 아침 식사로 빵과 치즈, 커피를 먹었다. 이후 점심 때 먹을 빵을 들고 학원에 가서 독일어 공부를 하면서 그사이에 점심을 챙겨 먹었다. 저녁에도 빵을 먹고 수녀님들과 성당에서 미사를 드린 뒤 일찍 잠자리에 들었다. 매우 절제된, 규칙적인 생활이었다.

첫날 통역을 해주신 한국인 수녀님이 곧바로 다른 수녀원으로 옮기신지라 나는 이곳에서 제대로 된 말 한마디 나눌 수 없는 신세가 되었다. 거의 알아듣지 못하는 독일어를 쓰는 사람들 사이에서 하루 종일 지내야 했고, 매일 독일 사람들이 먹는 빵만 먹어야 했으며, 아침저녁으로 성당에서 알아듣지도 못하는 미사에 참석해야 하는 생활이 되풀이되었다. 이후에는 간호학교 후보생으로 병원에서 실습하는 일까지 더해졌다. 그런 생활이 계속되자 극

...

독일에 온 지 얼마 되지 않았을 무렵의 앳된
내 모습. 당시에 내 주변에는 말 한마디 편하
게 나눌 사람이 없었다. 낯선 땅에서 살아가던
외롭고 힘든 시간이었다.

심한 우울감이 밀려들기 시작했다.

반겨줄 이 하나 없는 한국을 떠날 수만 있다면 행복할 것 같았는데, 그렇게만 된다면 어디서든 잘 살 수 있다고 생각했는데, 그래서 머나먼 독일까지 왔는데, 이곳에서도 나는 외톨이었다. 언어와 문화가 다른 땅에서 살아간다는 것은 꽤나 힘든 일이었다. 지구상에 내가 행복하게 살아갈 곳은 정말 없는 것일까? 그래도 말이 통하고 외양이 비슷한 사람들이 모여 사는 한국이 그리워졌다. 살아갈 길이 막막하더라도 차라리 한국으로 돌아가고 싶은 마음이 들었다.

며칠 고민한 끝에 아프리카에 있는 어머니에게 편지를 보냈다. 독일에 와보니 아무도 없어서 당황했고, 말 한마디 제대로 못 나누면서 생활하는 게 힘들고, 한국 음식을 전혀 못 먹는 것도 괴로우니 한국으로 돌아가고 싶다고 했다. 어머니는 곧바로 화가 가득 담긴 답장을 보내셨다.

세상살이가 그리 쉬운 줄 알았니? 말을 잘 구사하면서 살게 되기 전까지는 당연히 어렵고 힘들지. 남의 나라에서 적응하는 게 그렇게 쉽겠니? 다른 사람들도 다 그렇게 어렵게 살고 있어. 독일에 왔으면 독일식으로 먹고 살아야지.

너는 아직 멀었어. 아직 고생을 덜한 거지. 독일에 오는 비행기 표는 내가 사줬지만, 한국에 가는 비행기 표는 네가 알아서 사라. 그리고 그렇게 한국에 돌아가게 되면, 어떻게 살든지 나한테 연락하지 말고. 네가 원해서 돌아간다면 네 인생도 네가 책임져야지. 너도 이제 어린아이가 아니잖아? 어렵게 네 초청을 부탁한 나는 이제 아저씨를 볼 면목이 없구나. 병원에서는 나를 네 이모로 알고 있으니 말조심하고.


그 편지를 받아들고서 나는 다음 날 아침까지 눈이 붓도록 꺼이꺼이 울었다. 너무 서러웠다.

아무래도 안 되겠다 싶어서 어머니가 보낸 편지와 한독사전을 들고 마리아 수녀님을 찾아갔다. 서툰 독일어와 영어에다가 손짓 발짓을 뒤섞어가며 이야기를 꺼내놓았다. 독일 생활에 적응을 못하겠으니 한국으로 돌아가겠다고 했는데, 그동안 참아왔던 외로움과 서러움이 한꺼번에 밀려들어서 나도 모르게 눈물이 터져 나왔다.

한동안 내 말을 듣던 마리아 수녀님은 울고 있는 내 손을 꼭 붙잡은 채 말씀하셨다.

"말도 통하지 않고 문화도 전혀 다른 외국에 와서 인선 양이 얼마나 외롭고 힘들었을지 짐작됩니다. 독일에 온 지도 벌써 몇 개월이 지났고, 그동안 학원에 다니면서 열심히 독일 말을 배운 것 같은데요. 그렇지만 인선 양이 그토록 고향에 돌아가고 싶다면 그래야겠지요.

그런데 최종 결정을 내리기 전에 다른 선택지도 고려해보는 게 어떨까요? 우선 인선 양이 한국에 간다고 했더니 당신 이모가 화를 내면서 반대한 걸 보세요. 게다가 인선 양은 아무런 경제적 준비도 없이 한국으로 돌아가야 할 겁니다. 반겨줄 이 하나 없는 한국에 가서 어떻게 살아갈 건가요? 거기까지 생각해봤나요? 한국에 돌아가더라도 냉철하게 생각하고 준비를 해야 합니다. 지금 당장 한국 갈 비행기 표 살 돈도 없지 않나요?"

듣고 보니 정말 그랬다. 나는 한국에서 혼자 살아가는

게 너무 힘들어서 독일에 오겠다고 하지 않나? 좀 더 신중하게 생각해야 할 것 같았다. 우선 한국행 비행기 표를 마련해야 한다는 생각이 들었다. 방 한 칸 빌릴 돈도 없이 기댈 사람 하나 없는 한국으로 돌아가는 것은 무모한 일이니, 그에 관한 대책도 세워야 할 것 같았다. 필요한 돈을 마련해서 한국에 간 뒤 지내보다가 독일 생활이 낫겠다 싶으면 그때 돌아와도 괜찮겠지.

밤잠을 설치며 고민하던 나는 다음 날 병원 앞에 있는 식당 문을 두드렸다. 잘 하지도 못하는 독일어로 사람이 필요하다면 꼭 나를 써달라고 간곡하게 부탁했다. 부엌에서 설거지라도 할 수 있다며 매달렸다. 식당 주인은 때마침 주방에 한 사람이 필요하다며 내일부터 일하러 나오라고 했다. 당시만 해도 독일에 외국인, 특히 동양인이 많지 않아서였는지 주인아저씨는 매우 친절하게 나를 대해주셨다.

마리아 수녀님은 그 외의 시간에 내가 병원에서 청소 일을 할 수 있게 주선해주셨다. 오전에는 병원에서 청소를 하고 오후에는 식당에서 종업원으로 일하면서 나는 한국으로 돌아가는 데 필요한 돈을 모으기 시작했다. 간호학교 후보생으로 실습을 하던 때인지라 방값과 식대는 거의 들지 않았으니 조금씩이지만 찬찬히 돈을 모을 수 있었다.

그러는 동안 예수의 탄생을 축하하는 성탄절이 다가왔다. 독일의 기독교나 가톨릭 신자들에게 성탄절은 매우 중요한 축제로 온 가족이 모이는 날이다. 하지만 혈혈단신 홀로 지내는 나에게 성탄절은 외로움이 증폭되는 힘든 날이었다. 마리아 수녀님은 그런 내 마음을 짐작하고 헤아려주셨다. 수녀님은 성탄절에 나를 수녀원으로 초대한 뒤 가족처럼 선물을 주셨고, 다른 수녀님들과 함께 지낼 수 있게 해주셨다. 낯선 곳에서 조금이나마 온기를 느낄 수 있는 시간이었다.

병원 기숙사에 계신 나이 많은 사감 수녀님 역시 나를 눈여겨봐주셨다. 나는 기숙사에 사는 간호 학생이나 수녀님 등을 위해 혼자서 아침 식사를 준비하시는 사감 수녀님을 종종 도와드리곤 했다. 그러던 어느 날, 사감 수녀님이 한 달 동안 자신을 도와준 수고비라며 내게 봉투를 내

미셨다. 그러고는 다음 달에도 수고비를 주시겠다고 했다. 나로서는 전혀 예상치 못한, 꽤나 충격적인 일이었다.

"저는 제 외할머니 생각나서 도와드린 건데, 돈을 주시다니요? 저에게는 너무 모욕적입니다. 이러시면 저는 앞으로 수녀님을 못 도와드립니다. 이 돈은 제가 받을 수 없어요."

나는 내 손에 쥐여주신 봉투를 수녀님께 돌려드렸다. 그러자 수녀님은 차분히 자신의 생각을 이야기해주셨다.

"인선 양이 왜 이러는지 이해 못하는 건 아니에요. 근데 한국에 다녀오려면 돈이 필요할 테니, 이번에는 내 호의를 받아들이는 게 어떨까요? 다시 독일로 돌아오면 그때는 얼마든 봉사할 기회를 줄 테니, 이번에는 그냥 이 돈을 받으면 안 되겠어요?"

사감 수녀님은 조심스레 봉투를 돌려주셨다. 이 일을 계기로 나는 사감 수녀님과 더욱 가까워졌다.

열심히 일한 덕분에 한국으로 갈 여비가 마련되어갈 즈음, 마리아 수녀님이 나를 찾아오셨다.

"인선 양! 그동안 고생 많았어요. 이제 한국으로 돌아갈 수 있을 텐데 기쁘지요? 근데 내 생각에는 인선 양이 짐을 여기에 두고 한국에 다녀오는 게 어떨까 싶어요. 한국에 가서 생활해보다가 인선 양이 계속 거기에서 살겠다고 하면 내가 짐을 챙겨 보내줄게요. 그러니 조급하게 결정하지 말고 시간을 두고 찬찬히 생각해봐요."

마리아 수녀님의 배려 넘치는 따스한 조언은 나에게 큰 힘이 되었다. 식당과 병원에서 일하며 모은 돈은 차곡차곡 쌓여 갔다. 한국과 독일을 오갈 수 있는 비행기 표 값에다가 여분으로 한국에서 쓸 돈까지 마련한 나는 짐을 독일에 둔 채 3년 6개월 만에 다시 한국 땅을 밟기 위해 비행기에 올랐다.

다시 떠날 것인가,

남을 것인가


　김포공항에는 나를 맞아줄 사람이 없었다. 한국에서 나
는 여전히 혼자였고, 갈 곳도 없었다. 어디로 누구를 찾아
가야 할지조차 막막했다.

　내가 유일하게 갈 수 있는 곳은 대구에 사는 큰 이모네
집이었는데, 이모와는 연락이 닿지 않았다. 하는 수 없이
나는 아버지가 이사해서 산다는 부산으로 가기로 마음먹
었다. 무작정 기차를 타고 부산역까지 갔지만, 그 앞에서
발걸음을 옮길 길이 없었다. 나는 아버지의 집 주소도 몰
랐으니까.

　내게 있는 것은 독일로 돌아갈 비행기 표와 약간의 여
윳돈뿐이었다. 눈앞이 캄캄했다. 한참을 역 앞에서 멍하
니 앉아 있었는데, 직업소개소 간판이 눈에 들어왔다. 그
래, 우선 무슨 일이라도 하면서 버텨야지. 아버지 집을 찾
아가기 전에 나부터 살아야 한다는 생각이 들었다.

　일단 허기를 채우기 위해 먹을 것을 사먹은 뒤 직업소

개소에 들어갔다. 내가 할 수 있는 일이 있느냐고 물었더니, 다방이나 술집의 심부름꾼이나 레지 자리는 있다고 했다. 그나마 다방 심부름꾼 일이 수월할 것 같았다. 직업소개소에서 알려준 주소를 들고 찾아가게 된 꽃다방에서 나는 그날부터 바로 일을 시작했다. 마담과 레지 언니들의 심부름을 하고 다방 청소를 하는 등 닥치는 대로 막일을 했다. 그 대가로 주인은 내게 밥을 먹여주고 잠을 재워주면서 푼돈을 주었다.

하지만 그렇게 시간을 보낼수록 걱정이 커져만 갔다. 이러다가는 아버지도 못 찾고 다시 독일로 돌아가겠구나 생각하니 맥이 빠졌다. 그러던 어느 날, 역 앞 회사로 차배달을 갔는데 어디서 많이 본 듯한 젊은 남자가 나를 아는 척했다.

"너 이름이 뭐야?"

"김인선인데요."

"나 모르겠어? 나 김무경이야. 너희 큰오빠!"

아, 그랬다. 어릴 적 아버지 집에 살던, 큰어머니의 자식이었던 그 오빠! 언젠가 서울에 있는 대학에 들어가서 자취를 한다며 아버지가 나더러 그 집에 가서 일을 도와 주라고 했던 바로 그 오빠! 이렇게 다시 만나다니, 우리는 무슨 인연일까.

오빠는 나에게 큰어머니가 살고 있는 집 주소를 적어주면서, 오빠는 일이 많아 저녁에 들어갈 테니 혼자서라도 집을 찾아가라고 했다. 그날은 일을 해야 했으니 다방으로 돌아왔고, 며칠 지나서 쉬는 날 오빠가 준 주소를 물어 물어 집을 찾아갔다. 으리으리한 궁궐 같은 집이 아니라 빈민촌의 아주 초라한 집이 눈에 들어왔다.

그렇게 만난 큰어머니와 나는 한동안 서로 아무 말도 못한 채 울기만 했다. 큰어머니는 그동안의 사연을 이야기해주셨는데, 참으로 기구하고 구구절절했다. 젊어서부터 방탕한 생활을 하던 아버지는 노름까지 좋아해서 집과 땅을 날려 먹은 뒤 그나마 남아 있던 재산마저 노름에 쏟아 부었다고 한다. 할머니가 세상을 떠나고 나서 아버지도 뇌졸중으로 돌아가셨고, 할아버지를 비롯한 나머지 식구들이 마산 생활을 정리하고 부산으로 온 것이라고 했다.

할아버지는 치매로 대소변을 가리지 못해 집은 온통 쓰

...

1970년대의 부산역. 부산은 한국전쟁 때 피난 온 이들이 모여들면서 인구가 늘었고, 이후 신발, 목재, 섬유 산업이 번성하기 시작했다. 하지만 가난했던 이들은 여전히 전쟁 때 만들어진 판자촌에 모여 살고 있었다.

레기통 같았다. 큰어머니는 뺑소니 차에 치인 뒤 치료를
못 받아서 한쪽 다리를 절었고, 지팡이에 의지해야만 걸
을 수 있었다. 그런 몸으로 집안일을 하시니 집 꼴이 말이
아니었다. 오빠는 어디서 무얼 하고 사는지 연락도 안 한
다고 했고, 남동생 둘은 수업료를 못 내서 학교에도 못 나
가고 있었다.

나는 오빠를 만났다는 말은 꺼내지도 못한 채 그 집을
나왔다. 나오는 길에 만난 주인집 아주머니 말로는 큰어
머니 집에 돈 버는 사람이 없어 끼니를 굶는 날도 있다고
했다. 아, 영원한 것은 없구나. 사람의 운명이 이렇게 바
뀔 수 있다니, 부귀영화가 한순간에 사라지고 마는구나.
참으로 인생의 허무를 실감하는 순간이었다.

대궐 같은 집에서 남 부러울 것 없이 살던 아버지 가족
의 몰락을 목격한 나의 기분은 참으로 묘했다. 아버지에
대한 원망과 미움은 여전했지만, 그 가족의 어려운 형편
을 보니 마음이 편치 않았다. 할 수 있다면 어떻게든 도와
주고 싶었다. 차라리 이런 사정을 몰랐더라면 가뿐하게
다시 독일로 돌아갈 수 있었을 텐데······.

꽃다방으로 돌아와 주인과 상의했다. 6개월 동안 일한다는 조건으로 얼마 되지 않는 돈이었지만 선불로 월급을 받았다. 그 돈을 큰어머니에게 드리고서, 독일로 가는 비행기 표를 6개월 연기했다. 내 안부를 염려하실까 싶어 독일에 계신 마리아 수녀님께도 연락을 드렸다. 예정보다 늦게 독일로 돌아갈 테니 이모, 그러니까 나의 어머니에게는 비밀로 해달라고 편지를 보냈다. 수녀님은 걱정 말고 잘 지내라는 답을 주셨다.

꽃다방에서의 6개월은 꽤나 힘들었다. 청소를 하고 빨래를 하고 음식을 만들고 온갖 심부름을 해야 했다. 하지만 마담이나 레지 언니들이 성희롱을 당하는 걸 보다 보면, 손님을 직접 상대하는 일을 하지 않은 게 다행이라는 생각도 들었다. 그래도 힘든 건 힘든 거였다. 선불로 월급을 받았으니 어떻게든 6개월을 버텨야 했다. 어린 나이에 하루 종일 일하는 게 힘들어서 밤마다 이불 속에서 울곤했다.

참으로 길었던 6개월이 지나고 나서 나는 스스로에게 물어보았다.

'너 지금 왜 이러고 있어? 누구를 위해서 이런 고생을 하는 거야? 이게 네가 원하는 일이니? 나를 진심으로 사랑해주신 외할머니는 돌아가셨고, 이제 너는 세상에 혼자 남았어. 큰어머니 가족이야 네가 도와준다면 고마워하겠지. 어린 네가 힘들게 벌어다준 돈으로 잘 살아가겠지. 근데 만약에 네가 큰어머니의 친딸이었어도 다방에서 험한 일을 하도록 내버려뒀을까? 정말 그랬을까?'

질문이 이어지고 그 답이 떠오르자, 갑자기 망치로 머리를 한 대 얻어맞은 기분이었다. 아, 그렇지. 내가 큰어머니 가족에게 희생할 필요는 없지. 내가 감당할 수 없는 일을 하고 있었구나. 그래도 선불로 돈을 받았으니 일은 해줘야 했고, 6개월을 채웠으니 미련 없이 이곳을 떠나는 거야!

다음 날 나는 짐을 챙겨 들고 꽃다방을 나왔다. 큰어머니 집에는 들르지 않은 채 서울로 갔고, 독일행 비행편을 예약했다. 그리고 비행기에 몸을 실었다.

독일로 돌아오는 비행기 안에서 나는 생각했다.

'넌 이제 정말 독일을 택한 거야. 한국에서의 슬프고 힘든 일들은 모두 잊어버리고, 독일에서 새로운 인생을 시작해보자. 넌 얼마든지 할 수 있어. 기죽을 것 없어. 독일에는 네 가정환경과 과거를 아는 사람이 없잖아. 두려워할 것 없어. 너는 당당하게 살 수 있을 거야!'

그렇게 나는 새로운 미래를 향한 꿈을 그리면서 마음을 다잡고 독일로 향했다.

꿈을 찾아, 사랑을 찾아

방황하던 청춘의 나날들

독일로 돌아오니 마리아 수녀님이 입원하셨다는 소식이 들려왔다. 자주 피곤해하셔서 종합검진을 받기 위해 병원에 오신 것이었다. 병실에서 만난 수녀님은 많이 여위셨고 얼굴빛도 무척 창백해 보였다.

"반가워요. 한국에서 많이 힘들지 않았나 모르겠네요. 이제 공부에 전념해봐요. 인선 양은 잘 해낼 거예요."

내 손을 잡고 반갑게 이야기하는 수녀님께 나는 고민을 털어놓았다.

"수녀님, 저도 수녀가 되고 싶은데 어떻게 안 될까요?"

"왜 갑자기 수녀가 되고 싶어졌죠?"

"저는 수녀님을 무척 존경합니다. 수녀님은 늘 인자하고 따뜻하세요. 제가 독일에서 이렇게 공부하고 살아갈 수 있는 것도 모두 다 수녀님 덕분입니다. 여기 계신 다른 수녀님들도 모두 자상하시고요. 그런 걸 보다 보니 저도 수녀님들처럼 오직 신만을 의지하고 봉사하는 사람이 되고 싶어졌어요."

물끄러미 나를 바라보며 한참을 생각하시던 수녀님이 이렇게 말씀하셨다.

"수녀원은 인선 양이 생각하는 것처럼 평화로운 곳이 아니에요. 개성 있고 다르게 살아온 사람들이 모여 사는 곳이라 시기와 질투가 있고 미움과 음모도 있어요. 아니, 어쩌면 세상보다 더 문제가 많은 곳인지도 몰라요. 게다가 자기 삶을 자기 뜻대로 결정하거나 실행할 수도 없어요. 몇 명 안 되는 수녀님들이 공동생활을 하다 보니 서로 감시를 하기도 합니다.

인선 양은 아직 젊어요. 세상에 나가 본인이 하고 싶은 공부도 하고 직장 생활도 해보고 연애도 하면서 인생을 즐기세요. 그렇게 살아봤는데도 수녀가 되고 싶다면 그때 다시 오세요. 그래도 늦지 않습니다."

수녀님 말은 매번 틀리지 않았다. 나는 그 말을 따라보기로 했다.

1976년 나는 본에 있는 성 요하네스 병원 부속 간호학교의 정식 학생이 되었다. 처음 독일에 와서 간호학교 후

...

처음 독일에 와서 공부하고 일했던 성 요하네스 병원. 이곳에서의 생활은 답답하고 막막했지만, 한국에 다녀온 뒤 나는 마음을 다잡고 새로운 미래를 향한 꿈을 꾸며 병원 생활을 재개했다.

보생으로 교육받은 것을 바탕으로 4년 만에 그다음 과정에 들어간 것이었다.

공부하는 와중에 자주 마리아 수녀님을 찾아뵈었는데, 안타깝게도 수녀님의 상태는 나날이 악화되었다. 뇌종양 진단을 받은 뒤 수녀님은 내가 있던 병원의 암 병동에 입원하셨다. 주치의는 수술을 한번 해보자고 권했지만 수녀님은 이를 완강히 거부하셨다.

마리아 수녀님은 자신이 이 세상에서 해야 할 일을 거의 마친 것 같으니 편안히 하나님 곁으로 보내달라 하시면서 도리어 우리를 위로하셨다. 수녀님은 평상시와 마찬가지로 병중에도 새벽마다 병원 맨 아래층에 있는 성당에 가서 기도하셨다. 그때마다 나는 수녀님의 휠체어를 밀며 동행했다. 항암 치료와 약물 투여를 모두 거부한 마리아 수녀님은 입원한 지 4주째 되던 날 조용히 우리 곁을 떠나셨다.

외할머니가 돌아가셨을 때와 같은 암담함과 외로움이 나를 덮쳐왔다. 그러면서도 그때와는 또 다른 혼란스러움이 밀려들었다. 수녀님은 어떻게 그렇게 담담하게 죽음을 맞을 수 있었을까? 초연하게 삶을 마감할 수 있는 힘은 신에 대한 믿음에서 비롯된 걸까? 정말 신이 있다면 뇌종양으로 고통의 시간을 보내는 수녀님을 왜 치유해주지 않으셨을까? 왜 고통의 시간을 단축해주지 않으셨을까? 왜 그 시간 동안 신은 수녀님을 보고만 계셨을까?

마리아 수녀님은 세상을 떠나셨지만 세상은 아무 일도 없었다는 듯 돌아갔다. 간간히 떠오르는 수녀님의 모습은 내게 힘이 되어주었지만, 세월이 흐르면서 내 기억 속에서도 수녀님의 모습이 서서히 흐려졌다.

1979년, 나는 드디어 3년간의 과정을 마치고 간호학교를 졸업했다. 곧이어 성 요하네스 병원에서 간호사 생활을 시작했다. 독일어도 익숙해졌고, 꼬박꼬박 월급을 받으며 일하다 보니 생활이 안정되어가던 시기였다.

어느 날 오후 근무를 나갔는데, 한 외과 의사가 한국인 환자의 통역을 부탁해왔다. 탄광에서 석탄을 캐다가 사고로 다리를 다쳐 입원한 광부 환자였는데, 중상은 아니어서 수술할 정도는 아니었고 다친 부위를 2주 정도 치료하면 회복될 것이라고 했다. 나는 독일어를 잘 하지 못하는 그가 의사와 상담할 때마다 통역을 맡게 되었다. 그러면서 우리는 친해졌다. 훤칠한 키에 잘생기고 유머러스한 그 남자는 어느새 내 마음을 사로잡았다. 그 남자도 나에게 호감을 보였다. 김영철 씨, 그는 독일에 오기 전에는 한국에서 태권도 사범으로 일했고, 한국에는 부모님과 결혼한 형, 회사에 다니는 남동생이 있다고 했다.

영철 씨는 자상하고 따뜻한 성격은 아니었다. 그보다는 거칠고 우락부락한 사람이었다. 하지만 그동안 외롭게 살아온 나에게 그는 든든한 기둥처럼 느껴졌다. 퇴원 후에도 만남이 이어져 우리는 결혼까지 생각하게 될 정도로 가까워졌다. 정식으로 인사시켜야겠다 싶어서 나는 그와 함께 스위스에 계신 어머니를 찾아갔다. 때마침 어머니의 초청으로 일본에 살던 외삼촌 내외가 스위스에 와 계셔서 좋은 기회로 보였다. 그렇게 어머니와 외삼촌 내외분께 나는 그 남자를 선보였다.

외삼촌은 영철 씨에게 직장과 가족 관계, 결혼 후의 계획 등을 물어보셨다.

"한국에서는 태권도장에서 사범으로 일했고, 3년간의

광부 계약을 맺은 뒤 독일에 왔습니다. 이제 계약 기간이 끝나가니 결혼하면 독일에서 태권도장을 개업하든가 아니면 자영업을 해보려고 합니다."

외삼촌의 질문이 이어졌다. 결혼식은 어디에서 어떤 식으로 할 것인지, 부모님과의 상견례는 어찌할 계획인지, 앞으로 사업을 하려면 자금이 필요할 텐데 저축해놓은 돈은 있는지 등등을 연이어 물어보셨다.

"결혼식은 간단히 하려고 합니다. 그리고 저희 부모님은 절 도와줄 형편이 안 되시는데, 사업을 시작할 때 처가에서 도와주시면 그 은혜는 잊지 않겠습니다."

영철 씨는 멋쩍은 표정을 지으며 말했지만, 순간 분위기가 싸늘해지면서 침묵이 감돌았다. 얼마나 시간이 흘렀을까. 영철 씨는 제대로 인사도 하지 못한 채 그 자리를 떴고, 나는 죄인이라도 된 것처럼 어머니의 꾸지람을 들었다. 다음 날 어머니와 외삼촌 내외분께 작별인사를 하고 그 집을 나섰다. 이후 영철 씨는 나에게 그 어떤 연락도 해오지 않았다.

그와 친하게 지내던 친구에게 들기로는, 독일에서 광

부 생활을 마치고 미국 여행을 갔다가 남편과 사별한 돈 많은 한국인 여성을 만나 그곳에서 결혼해 잘 산다고 한다. 약간 계산적이고 진실하지 못한 면이 있는 사람이긴 했다. 그래도 내가 자기를 진심으로 좋아했던 걸 알았을 텐데, 솔직한 말 한마디라도 남기고 떠날 수 있었을 텐데, 대체 왜 그랬을까. 나는 엄습해오는 배신감을 감당하기가 힘들었다. 사람을 믿은 게 잘못일까? 자기 이익만을 추구하며 사는 사람이 과연 행복할 수 있을까?

나는 모든 것을 잊어버리고 싶었다. 삶을 새로이 시작해보고 싶었다. 그래서 본에서의 생활을 정리한 뒤 뒤스부르크에 있는 병원으로 직장을 옮기고 이사를 했다. 그러고 나니 외로워서였을까. 나는 한국인이 모여드는 교회를 찾아갔다. 정기적으로 예배에 참석하고, 성경 공부도 시작했다. 한국인을 많이 만나게 되어서였을까. 잊고 지냈던 한국에서의 옛일들이 불쑥 떠오르곤 했다.

국민학교를 다닐 때 외할머니는 집안에 어려운 일이 있거나 내가 아프거나 하면 늘 집 근처의 성당에 가서 기도를 하셨다. 외할머니는 글을 못 배우셨는지라 영세를 받기 위해 교리문답을 공부할 때마다 내가 성경을 읽어드려야 했다. 귀가 어두워서 큰소리로 읽어드려야 겨우 알아들으셨고, 잘못 알아들으실 때가 많아서 늘 내가 소리를 지르곤 했다. 한번은 내가 이렇게 성경 구절을 읽어드렸다.

"성부와 성자와 성신의 이름으로……."

"뭐라고? 흥부와?"

"아니, 할머니. 성부와!"

"흥부와?"

"아니, 아니, 놀부와!"

그렇게 뒤죽박죽 성경 공부를 이어간 끝에 할머니는 결국 영세를 받으셨다. 그런 외할머니와의 추억을 떠올리며 나는 착실하게 교회에 다녔다.

뒤스부르크의 한인 교회에 다니는 이들은 대개 1960년 대에 가난한 가족을 부양하기 위해 독일로 떠나온 광부와 간호사들이었다. 이들이 독일로 오게 된 역사를 한번 되짚어보자. 1963년 한국 노동청과 독일 탄광협회는 '광부 협정'을 맺었고, 이후 한국은 독일로 광부를 파견하기 시작했다. 이 협정은 라인강의 기적을 일으키며 경제 부

...

1966년 독일의 프랑크푸르트 공항에 도착한 파독 간호사들의 모습. 그리고
그해에《조선일보》에 게재되었던 한국해외개발공사의 파독 간호사 및 간호
조무사 모집 공고.

흥에 성공했지만 인력난을 겪던 독일, 그리고 경제개발을 시도하려 했지만 외화 부족과 실업난에 시달리던 한국이 서로의 문제를 해소하기 위해 체결한 것이었다. 해외 출국 규제가 심했던 시기에 소위 말하는 선진국으로 취업할 수 있는 기회여서 처음 광부를 파견할 때는 500명 모집에 4만 6천여 명이 지원할 정도로 사람들이 대거 몰려들었다. 1963년부터 1977년까지 한국은 8천여 명을 독일에 광부로 파견했다.

독일로의 간호 인력 파견은 1950년대 말에 처음 시작되었는데, 기독교 단체를 중심으로 한 민간 교류 형식이었다. 이후 1966년부터 한국해외개발공사가 정식으로 간호 인력을 파견하게 되면서 1976년까지 약 1만여 명이 독일에서 간호사와 간호조무사로 일하게 되었다. 이들은 독일 사회에서 호평을 들으며 상당한 인정을 받았다. 시간이 지나면서 이들은 한국인 광부와 결혼하기도 했고, 한국에 있는 남편을 독일로 초청하거나 독일인과 결혼하는 경우도 있었다. 3년간 일한 뒤 한국으로 돌아갈 수 있었지만, 절반 이상은 독일에 남았다. 고용계약을 연장하는 게 쉬워서 계속 일을 할 수 있으니 독일에 남는 이들이 많았던 것이다.

나는 계부의 초청을 받아 개인적으로 독일에 온 데다가 내가 처음 정착했던 본의 간호학교와 병원에는 한국인이 거의 없어서 그 시절에는 한국 사람과 만날 일이 별로 없었다. 그런데 뒤스부르크로 이사한 뒤 한인 교회에 다니면서 한국인들과의 교유가 시작되었다. 그러면서 나도 한국에서 온 이들의 사정과 상황을 들을 기회가 많아졌다.

한 번도 해본 적 없는 광산 일을 마다하지 않고 자원해서 독일로 왔던 사람들, 그리고 앳된 시절에 혈혈단신 간호 인력으로 낯선 땅에 왔던 사람들, 이들이 벌어들인 외화는 자신의 가족을 돌보는 데 보탬이 되었을 뿐만 아니라 이후 한국의 경제개발에도 큰 버팀목이 되어주었다. 이렇게 한국에서 건너온 이들은 독일의 각 지역에 한인회를 설립하고 한인 교회를 개척했다. 새롭고 낯선 땅에서 한인 교회의 역사는 그렇게 시작되었다. 내가 뒤스부르크에서 처음 나갔던 교회도 그런 역사를 품고 있는 곳이었다.

3장

행복을 갈구하며, 다가온 사랑을 받아들이며

뒤스부르크의 한인 교회는 처음 독일에 와서 다니던 성당과는 전혀 다른 분위기였다. 예배를 한국말로 드렸고 예배가 끝난 뒤에는 한국 음식을 나눠 먹으니 고향 같은 느낌이 들어서 좋았다. 나는 예배 외에도 성경 공부나 수련회에 참석하며 적극적으로 교회 생활을 해나갔다. 독일에서 새로운 삶을 시작할 수 있게 해주신 하나님께 감사했고, 많은 교인들의 축하를 받으며 세례도 받았다.

교인들과 가까워지자 그때까지 혼자 살던 나에게 좋은 사람을 소개해주겠다는 이들이 생겼다. 철학을 공부하러 온 한 교우도 그중 하나였다. 아내, 아이들과 함께 독일에 와서 성실하게 생활하며 박사 학위를 준비하는 사람이었는데, 어느 날 예배가 끝나고 난 뒤 불쑥 나에게 말을 건넸다. 결혼할 생각이 있다면 자기 가족을 초청한 형을 소개해주고 싶다는 것이었다. 그 형은 독일인과 결혼했다가 이혼했으며, 성인이 된 아들이 있지만 따로 산다고 했다. 또한 한국 여자와 재혼하고 싶어한다고 했다. 그 말을 듣고 처음에는 불쾌한 감정이 밀려들었다.

'이제 내가 이혼한 남자에게나 혼담이 들어올 정도로 노처녀가 되었구나.'

지금 한국에서는 서른네 살이 결혼하기에 늦은 나이라고 보지 않는 듯하지만, 당시의 한인 교회에서 나는 노처녀 취급을 받았다. 내 처지가 한심하고 처량해 보이기도 했지만, 소개해준 사람의 체면을 생각해서 한번 만나보기로 했다.

형제가 많은 집안의 장남이었던 그는 독일에 와서 3년의 계약 기간 동안 광부로 일했다. 이후 공부를 해서 광산대학을 졸업하고 정식 직원으로 광산에 취직한 뒤 독일 여성과 결혼했다고 한다. 한국에서 유교적인 교육을 받고서 독일로 온 광부들은 대부분 가부장적이고 보수적이었는데, 그도 예외는 아니었다. 그 때문이었는지 독일 여성과의 결혼 생활은 순탄치 않았고, 아들이 태어났지만 결국 이혼했다고 한다. 독일 여성과 결혼하면서 독일 시민권을 받은 그는, 자기 아들이 열여덟 살이 넘어 혼자 살고 있으며 생활비만 주면 된다고 했다. 광산에서의 직책이 높아 내가 일을 하지 않아도 되니, 함께 집을 장만하고 아이를 가지고 여행을 다니며 살면 좋겠다고 했다. 하지만 형제가 많은 집 장남이니 한국에 있는 동생들 학비를 보태줘야 한다며 자기 가족에 대한 책임은 분명히 했다.

나는 집도 싫고, 다 큰 아들이 있으니 다른 아이를 가질 생각도 없고, 다만 신학을 전공해 목사가 되고 싶다고 했다. 독일로 이주해온 여성들과 독일에서 태어난 한인 2세들을 위해 일하고 싶은 마음에서 비롯된 꿈이었다. 그리고 그 남자가 독일 시민권을 받았다는 게 싫지 않았다. 당시에 나는 초청 비자를 받아 독일에 머물고 있었는데, 한국으로 돌아가고 싶지 않았고 한국에서 살아갈 자신도 없었다. 그와 결혼한다면 나도 독일 시민권을 받을 수 있을

터였다.

그는 독일에서 계속 공부하고 싶어하는 내 생각을 높이 평가한다며 호의를 보였다. 나는 그의 그런 태도가 진실하고 책임감 있어 보였다. 얼마간 교제를 하다가 우리는 결혼을 결심했다. 나는 그를 만난 그해, 그러니까 1984년에 서른네 살의 노처녀 신부가 되었다. 한인 교회 사람들은 피로연 음식을 만들고 손님 접대를 하고 하객까지 되어주면서 나의 결혼을 축하해주었다.

스위스에 있던 어머니는 내 결혼식에 참석하려고 전날 혼자 독일에 오셨다. 그날 남편 될 사람과 인사를 시켜드렸지만 어머니의 심기는 내내 불편해 보였다. 따로 호텔을 잡아달라 하시더니 일찍 자리를 뜨셨다. 그런데 다음날 결혼식에 참석해서 손님처럼 앉아 계시던 어머니가 불쑥 내 손을 잡더니 나를 구석으로 끌고 가셨다.

"그 건달하고 헤어진 지 얼마나 됐다고 결혼을 하는 거야? 너는 결혼을 하면 안 돼. 그리고 왜 또 한국 남자야? 네 아버지를 봐도 알잖니? 한국 남자는 책임감이 없어. 게다가 너는 네 아버지를 닮아 바람기도 있고 하니 혼자 사는 게 좋아. 누굴 또 불행하게 하려고 결혼을 해? 네 인생이니까 알아서 하겠지만, 참 걱정이다. 나중에 못 살겠다는 소리 하려거든 나한테 연락도 하지 마."

어머니는 결혼식이 끝나자마자 바로 스위스로 돌아가셨다. 다른 사람의 축하를 받으며 기뻐해야 할 날마저 어머니는 매정한 말을 남기고 사라지셨다.

결혼과 함께 찾아온

디아코니세로서의 삶


결혼 후 나는 학업을 이어가기 위해 독일의 교육 시스템을 알아보기 시작했다. 독일에서는 대학에 진학하려면 인문계 중등교육기관인 김나지움에서 공부한 뒤 아비투어라는 시험을 봐서 합격해야 했다. 김나지움 대신 직업학교나 종합학교를 택한 경우는 졸업하고서 취업을 했고, 이런 학교를 다녔다면 바로 대학에 진학할 수 없었다.

나는 한국에서 고등학교까지 마친 뒤 독일에서 직업학교에 속하는 간호학교를 졸업한 상태였다. 이런 경우에는 김나지움에 준하는 교육을 추가로 받은 뒤 아비투어를 봐서 합격해야만 대학에 갈 수 있었다. 지금은 기준이 완화되어서 직업학교나 종합학교를 졸업한 이들에게도 대학의 문호를 어느 정도 개방하고 있다. 하지만 당시만 해도 그렇지 않았는데, 나는 추가로 공부를 해야 하는 것도, 아비투어를 통과해야 하는 것도 엄두가 나질 않았다.

한편 나는 독일 교회의 역사와 문화에 대해서도 조사해

보았다. 실제로 신학대학에 들어가게 된다면 도전적으로 공부해볼 만한 게 무엇이 있을지 좀 더 구체적으로 알고 싶었다. 그러다가 눈에 들어온 것이 기독교 봉사 단체인 디아코니Diakonie였다.

디아코니는 1836년 독일 중부의 작은 도시인 카이저스베르트에 기독교 봉사국이 창립되면서 그 역사가 시작되었다. 테오도어 플리트너Theodor Fliedner 목사와 그의 아내인 프리드리케 플리트너Friedrike Fliedner의 주도로 이뤄졌는데, 이들은 사회적 약자와 차별받는 여성을 위해 병원, 학교, 유치원, 요양원, 노숙인 식당 등을 만들고서 사회봉사 활동을 벌여 나갔다.

디아코니에서는 여성의 봉사 활동을 제도화했는데, 우선 독신으로 살기를 원하는 여성들에게 사회사업과 관련한 직업교육을 실시한 뒤 국가 공인 자격증을 발급해주었다. 거기에다가 2년간 단체 생활을 하면서 추가 교육을 받으면 디아코니세Diakonisse로 안수를 받을 수 있었다. 기독교 봉사자로서 알아야 할 신학 이론을 공부하고 자기 신앙을 점검하는 실습을 거치면 전문적인 여성 봉사자인 디아코

...

제2차 세계대전 당시 고아원에서 아이들을 돌보는 디아코니세들. 180여 년 전 독일에서 시작된 디아코니세 제도는 유럽 전역에 보급되어 기독교 여성의 주요 봉사 활동으로 자리 잡았다.

니세로 활동할 수 있었던 것이다.

디아코니세들은 마치 가톨릭 수녀들처럼 옷, 모자, 메달 등 똑같은 복장을 갖춰 입었고, 디아코니세 공동 거주장에서 함께 기거했으며, 평생 독신으로 살았다. 제1·2차 세계대전 때 이들은 두드러진 활동을 펼쳤다. 전쟁 때문에 남편을 잃거나 결혼할 상대가 없던 여성들은 디아코니세 안수를 받고 간호사, 의사, 교사, 산파 등으로 봉사를 벌여 나갔다. 이러한 디아코니세 활동은 180여 년이 지난 지금까지 이어지고 있다. 그동안 수많은 디아코니세들이 여러 분야에서 사회봉사에 매진해왔고, 디아코니세 제도는 유럽 전역에 보급되어 기독교 여성의 주요 봉사 활동으로 자리 잡았다.

그런데 제2차 세계대전이 끝난 뒤 독일 사회가 안정을 찾아가면서 개인의 자유를 중시하는 분위기가 형성되기 시작한다. 전쟁에서 남편을 잃고 혼자 살아남은 여성들이 자신의 삶을 스스로 결정할 수 있는 권리를 주장했고, 직업학교나 야간학교를 거쳐 남성과 동등한 자격을 얻은 뒤 사회에 진출하기도 했다. 또한 독신 여성이 많아지면서 결혼을 당연시하는 분위기도 자연스레 수그러들었다.

그러면서 독신으로 일률적인 복장을 하고 공동체 생활을 하던 디아코니세 제도에도 변화가 찾아왔다. 사회 변화에 발맞춰 결혼 여부와 무관하게 개인의 사생활을 존중하면서 신앙 공동체에 속한 일원으로써 디아코니세 안수를 받을 수 있게 된 것이다. 이는 기독교 내에서 좀 더 폭넓게 여성의 권리를 확보해가는 과정이기도 했다.

기혼 여성에게 가장 먼저 디아코니세 문호를 개방한 곳은, 탄광 도시로 유명한 독일의 비텐에 있는 디아코니베르크Diakoniewerk였다. 나는 기독교 신문을 읽다가 이를 소개하는 기사를 보고 직접 그곳을 찾아갔다. 새로운 규정에 따른 디아코니세 교육은 1985년 4월에 시작한다고 했는데, 결혼을 했거나 이혼한 여성뿐만 아니라 남성도 2년의 교육과정을 거치면 디아코니세 안수를 받을 수 있다고 했다. 또한 이 과정을 마치면 병원, 학교, 유치원, 요양원 등 독일 전역에 있는 기독교 봉사 단체에서 일할 수 있는 자격이 주어진다고 했다.

사실 나는 하나님에 대한 믿음도 중요했지만 내 안에

품고 있는 질문과 풀어야 할 숙제가 더 많은 사람이었다. 물론 나는 디아코니세 활동에 관심이 있었다. 기독교인으로서 내 신앙을 확인해보고 싶은 생각도 있었다. 하지만 무엇보다도 나는 대학에 입학하기 전에 내가 독일어로 얼마나 공부를 해낼 수 있을지 확인해보고 싶었다. 그런 마음으로 1985년부터 2년간 디아코니세 교육을 받기로 결심했다.

한편 이 교육을 받는 동안 나는 남편의 권유로 독일 시민권을 신청했다. 그리고 1986년 독일 국적을 취득했다.

철이 들면서부터 나는 얼마나 한국을 떠나고 싶어했던가. 독일에 온 뒤 이곳 생활에 적응하고 나서 나는 여기에서 계속 살게 되기를 얼마나 바랐던가. 이제 나는 독일인이 되는 건가. 종이 한 장 받은 걸로 한국 사람이던 내가 독일 사람이 되었다는 게 믿어지지 않았다. 내 존재 자체를 기쁘게 받아들여주는 이가 아무도 없었던 한국과의 인연은 이렇게 정리되었다. 독일 시민권을 받게 되자 진정으로 내 모든 과거를 묻어버리고 새로운 인생을 시작할 수 있을 것만 같았다. 그동안 못한 공부를 할 수 있는 기회도 얼마든지 주어지리라.

국적이 바뀐다고 해서 내 모든 것이 바뀌는 게 아니라는 건 잘 알고 있었다. 내게 중요한 것은 내가 행복하게 사는 것이었다. 그럴 수만 있다면 어디에 살든 괜찮았다. 이제부터 중요한 것은 이곳 독일에서 내 존재의 가치를 스스로 찾아 나가는 것이라는 생각이 들었다.

독일 시민권을 받게 되면서 나는 안정감을 느꼈다. 내가 원하는 삶을 계획할 수 있게 된 것이 기뻤다. 그러면서 나는 나 자신에 대해 더 많은 관심을 기울이게 되었다. 내가 정말 무엇을 원하는지, 그리고 무엇을 할 수 있는지 좀 더 명확히 알고 싶었다. 본격적으로 내 자신이 꿈꾸는 미래를 위해 학업을 이어가고 싶어졌다.

나는 서서히 달라지고 있었다. 어쩌면 그런 변화는 훨씬 이전, 처음 독일에 와서 낯선 언어를 배우면서부터 시작되었는지도 모른다. 3년간 간호학교를 다니면서 접했던 것들, 그리고 병원에서 일하면서 경험하게 된 것들을 나는 다시금 돌이켜보게 되었다. 내가 독일에서 배우고 접하고 겪은 것들은 분명 한국에서 생각하거나 경험해보지 못한 것들이 많았다.

간호학교는 직업학교인지라 암기 과목이 많았지만, 일반적으로 수업 시간에는 학생들의 발표를 중시했다. 선생님들은 다른 사람 앞에서 공개적으로 학생을 야단치거나 벌주지 않았다. 한국에서 내가 만났던 선생님들과는 다른 모습이었다. 학교의 특성상 실습 시간이 많았는데, 실습 나간 병원의 수간호사님들도 학생들을 존중해주었다.

독일의 병원은 한국과는 달리 전인 간호 시스템으로 환자들을 돌본다. 간호사는 환자가 입원할 때부터 퇴원할 때까지 전반적인 병원 생활을 모두 살펴야 한다. 환자의 식사와 목욕, 대소변 받기, 옷 갈아입히기, 주사 놓기를 비롯한 각종 치료, 의사의 왕진 등을 모두 간호사가 전담해 관리하는 것이다.

언젠가 나는 한국의 간호사분께 한국의 병원 생활에 대해 들은 적이 있는데, 한국에서 일해본 적이 없는 나로서는 그분 이야기를 통해서 한국과 독일의 의료 시스템이 상당히 다르다는 것을 알게 되었다. 한국에서는 병원에 입원한 환자를 가족이나 간병인이 돌보는 경우가 많다는

데, 독일은 그렇지 않다. 간병인 제도는 아예 없고, 가족이나 방문객도 지정된 시간에만 환자를 방문할 수 있다. 또한 한국에 비해 남자 간호사가 많으며, 간호학교를 졸업한 정식 간호사와 그렇지 않은 간호조무사 간의 업무에도 별 차이가 없다.

또한 독일의 교육 및 의료 시스템에서 가장 인상적이었던 것은, 같은 병동에서 일하는 의사, 수간호사, 일반 간호사, 간호조무사, 물리치료사, 간호 실습생 등이 동등한 직원으로서 서로를 존중하는 태도였다. 모든 직원들은 한 팀 안에서 각자의 역할을 지위의 높낮이 문제로 인식하지 않았다. 모두들 자기 업무를 우선시하며 최선을 다했지만 서로의 업무도 폭넓게 인정해주었다.

한편 1985년부터 받게 된, 새로이 개혁된 디아코니세 교육은 나에게 또 다른 자극이 되어주었다. 여기에서는 나를 포함해 총 여섯 명이 2년간 600시간의 수업을 들었는데, 수업 내용은 다채로우면서도 깊이 있었다.

디아코니세 수업에서는 성서에 대한 신학적 분석, 자신과 신의 관계, 교리 문답자로서의 경험, 자신의 신앙, 기독교인으로서의 책임과 의무, 단체에 대한 헌신의 문제, 각자의 사회적 참여와 책임, 타인과의 교제 문제와 상담 능력, 새로운 사실과 정보를 받아들이는 역량, 다른 사고에 대한 열린 마음, 타 종교와 문화에 대한 존중, 자신을 변화시킬 수 있는 가능성 등을 다뤘다. 이들 수업은 책이나 영상을 본 뒤 여럿이서 토론하고 많은 단체들을 탐방하면서 스스로 깨달아가는 방향으로 진행되었다.

나와 함께 수업을 들은 독일인 참가자 중에는 어려서부터 교회에 다니면서 성경을 배우고 세례를 받은 이들이 꽤 있었다. 그들은 성경에 대한 토론을 전혀 부담스러워하지 않았고, 여러 사안들에 대해 솔직하게 자기 의견을 개진했다. 하지만 그 누구도 내가 교회에 다니는지, 아니면 신에 대한 내 믿음이 어떠한지 묻지 않았다.

처음에 나는 이들이 나에게 관심이 없다고 생각했다. 하지만 차츰 시간이 지나면서 그 이유를 알게 되었다. 독일에서는 일반적으로 타인의 사생활이나 개인적인 생각을 묻는 것을 실례라고 여겼다. 자기 의견이 있다면 타인에게 말하고 싶을 때 그것을 이야기하면 되고, 누군가가 그런 말을 해온다면 그 말을 경청하면 되는 것이었다. 그 것을 다른 사람의 인격에 대한 존중이라고 보는 것이다.

디아코니세 교육은 내 신앙을 진지하게 되짚어보는 기회가 되었을 뿐만 아니라 기독교 외의 타 종교에 대한 호기심을 불러일으키는 계기가 되어주었다. 이 교육이 기독교라는 하나의 종교를 넘어서서 넓고 다양한 종교의 세계에 대한 고민으로 나를 이끌었던 것이다. 이 시간은 이후의 내 삶에 엄청난 영향을 미쳤다. 또한 이때 만나서 함께 공부했던 이들은 삶의 굴곡이 있을 때 나를 든든하게 지지해주고 삶의 기쁨이 있을 때 진심으로 함께 웃어주는 벗이 되어주었다.

1987년 3월, 나는 전 과정을 무사히 마치고서 디아코니세 안수를 받았다. 이후 나는 한인 교회에서 청소년들과 함께 성경을 공부하고 신앙에 대해 토론하는 활동을 벌이면서 내가 배운 것을 펼칠 수 있었다. 2년간 디아코니세 교육을 받았지만, 그럼에도 나는 확실한 믿음보다 질문이 더 많은 사람이었다. 그런 내 성향 탓에 한인 교회에서 청소년들과 토론할 때도 늘 의문투성이로 결론이 흘러가곤 했다. 하지만 청소년들은 그런 분위기 덕분에 자기 신앙을 쉽게 단정하지 않으면서 고민할 수 있었다고 말해주곤 했다. 참으로 감사한 일이다.

한편 디아코니세 교육을 받기 시작했던 1985년의 어느날, 나는 한 사람을 만나게 되었다. 그때는 그게 얼마나 특별한 인연인지 몰랐지만 말이다.

이 만남은 독일 전역에 있는 기독교 장로회 한인 교회들이 연합해 주최하는 여신도 수련회에서 이뤄졌다. 베를린 근교에서 열린 이 행사에 나도 참석했는데, 첫날은 각자 자기소개를 한 뒤 장기 자랑 등 친교의 자리가 이어졌고 그다음 날에는 함께 성경 공부를 했다.

둘째 날 공부를 마친 뒤 나는 근방 산책에 나섰다. 그리고서 숙소로 돌아오는데, 낯선 한국인이 다가와 자기가 직접 꺾어왔다며 나에게 꽃을 내밀었다. 수현이라는 이름의, 첫인상으로만 봐선 약간 남성적인 느낌의 여성이었다. 근데 왜 나한테 꽃을 꺾어주는 거지? 나는 묘한 감정을 느꼈다.

호기심이 발동해 그녀와 좀 더 이야기를 나눠보고 싶었

지만, 수련회가 진행되는 동안에는 개인적으로 말을 주고 받을 여유가 없었다. 집에 돌아와 남편에게 별 생각 없이 그 이야기를 해주었는데, 남편은 부쩍 예민한 반응을 보였다.

"그 여자와 전화도 하지 말고 만나지도 마!"

남편은 그렇게 말을 내뱉고는 밖으로 나가버렸다. 이 인연이 이후의 내 삶을 엄청나게 뒤바꿔놓을 것이라고 그때는 미처 생각하지 못했다.

서른일곱에
늦깎이 야간 고등학생 되다


　디아코니세 교육을 무사히 마쳤으니, 나는 애초에 계획했던 신학대학에 들어가기 위한 준비를 하고 싶었다. 그런데 앞서 언급했듯이 대학에 입학하려면 나는 추가 교육을 받은 뒤 아비투어를 거쳐야 했다. 기왕 공부를 시작한 김에 제대로 해보고 싶었다. 나는 3년간 뒤스부르크에 있는 야간 고등학교에 다니면서 아비투어를 보기로 했다.

　디아코니세 안수를 받은 그해 가을, 나는 야간 고등학교에 등록했다. 나와 같은 과정에 등록한 학생은 40명이었는데, 대부분 일을 하다가 다시 공부를 시작한 30대 직장인들이었다. 낮에는 직장에서 일하고 밤에는 공부를 한다는 것은 독일 사람들에게도 쉬운 일이 아니다. 이후 3년의 과정을 무사히 마치고 졸업한 사람은 13명뿐이었다.

　공부에 매진했기에 대부분의 수업을 따라가는 데는 어려움이 없었는데, 수학만은 정말 자신이 없었다. 어쩔 수 없이 수학 시간에는 남편이 학교로 따라와서 같이 수업을 들은 뒤 집에 와서 내게 배운 것들을 설명해주었다. 그렇게 나는 내 부족한 것들을 차곡차곡 채워 나갔다.

1987년부터 3년간 이어진 야간 고등학교 생활은 나에게 또 다른 자극이 되어주었다. 사실 나는 그때까지만 해도 독일 사람들의 사상과 정서에 대한 근원을 잘 이해하지 못하고 있었다. 하지만 평범한 독일 사람들과 함께 야간 고등학교 생활을 하면서 그런 데 대한 이해가 깊어져 갔다.

그 시절 친하게 지낸 독일인 친구는 나에게 이런 이야기를 해준 적이 있다.

"세상에 태어나서 어른이 될 때까지는 부모가 자식에 대한 결정권을 갖지요. 하지만 18세가 되어 법적으로 성인이 되면 독일에서는 자기 인생을 스스로 결정해야 합니다. 물론 책임도 본인이 져야 하고요. 자기가 할 수 있는 일을 하되 부모나 형제, 친구, 교사 등의 도움이 필요하다면 그들에게 요청하면 됩니다. 도움을 요청하지 않은 사람의 고민이나 생활 등 사적인 문제에 대해서는 그 누구도 관여하지 않고 관심도 두지 않아요."

독일에서는 이런 생각을 바탕으로 가정, 학교, 직장 등에서 개인의 의사와 결정을 존중하는 문화가 형성되어 있었다. 물론 이러한 문화는 내가 간호학교나 디아코니세 교육에서도 접한 것이었다. 하지만 야간 고등학교에 다니면서 나는 본격적으로 이를 내가 접했던 한국 문화와 견주어보기도 하고 나 자신에게 적용해보기도 했다. 독일에서 알게 된 개인을 존중하는 문화를 좀 더 내 것으로 소화하게 된 것이다.

사실 성인이 되어서 독일에 오게 된 나로서는 이런 독일의 문화에 부대끼는 일이 심심찮게 있었다. 위아래 서열이 분명하게 나뉘는 유교 사상의 영향을 받았고, 다른 사람의 문제에 관여하는 일이 비일비재한 데다가 그것을 미덕으로 여기기도 하는 사회에서 자란 나에게 이런 독일의 문화는 익숙지 않은 것이었다. 하지만 독일에서 공부를 하며 이런 문화는 차차 나에게도 스며들었다. 나이가 많거나 사회적 지위가 높거나 다른 사람과 다르다는 이유로 타인을 무시하거나 차별해선 안 된다는 생각이 나에게도 싹튼 것이다.

특히 철학 시간의 토론은 독일과 한국이라는 이중 문화 속에서 내가 겪는 갈등을 정확히 바라보게 해주었고, 그 덕분에 나는 내 가치관을 새로이 정립할 수 있었다.

"당신 인생의 주인공은 당신 자신이고, 당신의 행동과 결정에 대한 책임도 당신이 져야 합니다."

철학 선생님의 이 말은 지금까지도 나에게 큰 용기를 준다. 그 어떤 진리도, 학문도, 생각도, 판단도 모두 내가 하는 것이다. 누가 나를 대신해서 살아주는 것도 아니고, 내 삶은 매 순간순간마다 나 자신이 결정하는 것이다. 내가 야간 고등학교를 다니고 신학 공부를 하고 싶어하는 목적 역시 내가 결정해야 하는 것이다.

당시에 나는 나 자신과 이런 대화를 나눴다.

'너는 지금 독일이라는 새로운 세계에 와서 새로운 학문에 발 디디려고 하는 거야. 네가 독일에서 살아가고 싶다면 지금까지의 너를 정확히 검토해볼 필요가 있지 않겠어? 네 지금까지의 삶이 어떠했는지, 어떤 상처가 남아 있는지 잘 살펴봐야겠지. 그리고 네가 지금까지와는 다른, 새로운 방식으로 살아가고 싶다면 어떤 길을 선택하고 싶

은지도 신중하게 생각해본 뒤에 결정해야 하고.'

내 출생과 지금까지 살아온 삶의 발자국을 지울 순 없다. 아니, 지우려고 노력할 필요도 없다. 지나간 날은 지나간 대로 받아들이고, 앞으로는 내가 원하는 삶을 살아가면 되는 것이었다. 누구를 원망할 필요도 없었다. 다른 사람의 눈치를 볼 필요도 없었다. 그저 나를 삶의 중심에 두고 내가 원하는 결정을 해나가면 되었다. 내가 행복해야만 나 이외의 다른 사람도 들여다보고 도울 수 있는 거였다.

내가 야간 고등학교에서 공부하는 동안, 독일에는 큰 변화가 찾아왔다. 때마침 베를린에 살던 수현이가 편지를 보내왔다. 자신이 아파서 병원에 입원해 있으니 시간이 나면 한 번 병문안을 오라는 편지였다. 이때는 수현이에게 관심을 갖고 이따금 그녀와 이런저런 이야기를 나누던 시기이다. 남편에게는 베를린에서 한인 교회 여신도회 임원 모임이 있다는 핑계를 대고 나는 베를린으로 갔다.

수현이가 입원한 곳은 글리니케 교 근방에 있는 임마누엘 병원이었다. 글리니케 교는 베를린과 브란덴부르크주

사이를 흐르는 하펠강을 잇는 다리다. 근처에 프로이센 왕국 시절 왕자의 별궁인 글리니케 궁전이 있어서 여기에서 다리 이름을 따왔는데, 냉전 시대에 동독과 서독이 자주 간첩을 교환해서 '간첩의 다리'라는 별명이 붙기도 한 역사적인 곳이다.

내가 수현이를 찾아간 날은 1989년 11월 9일, 베를린 장벽이 무너진 날이었다. 오랜 동안 동독과 서독을 가로막았던 국경 제한이 그렇게 풀렸다. 병원은 진료실 전체를 정리한 뒤 동독에서 밀려오는 시민들을 받기 위해 음식, 담요 등을 갖추고 만발의 준비를 하고 있었다. 의사와 간호사들은 병원 정문에 대기하고 있었고, 도우미 완장을 찬 이들도 가득했다.

양쪽 검문소가 무너지면서 수많은 동독 시민들이 글리니케 교를 건너 서베를린으로 밀려오기 시작했다. 기쁨의 환호 소리가 곳곳에서 들렸다. 얼마나 오래 기다렸던 순간인가. 동독 사람들을 도와주는 서독 사람들의 모습은 오랜 친구를 만난 듯 친절하고 따뜻해 보였다. 서로 울고 웃으며 역사적인 순간을 맞이하고 있었다. 아, 한 민족이

...

1989년 11월 9일, 분단의 상징이었던 베를린 장벽이 무너졌다. 많은 이들이 이곳에서 기쁨의 순간을 함께했다. © University of Minnesota Institute of Advanced Studies

만난다는 건 이런 거구나! 남한과 북한도 통일이 되면 이런 모습이겠구나 생각하니 나에게는 더더욱 벅찬 감동이 밀려들었다.

그로부터 약 1년 뒤인 1990년 10월 3일, 제2차 세계대전 이래의 분단을 뒤로하고 동독과 서독은 공식적으로 한 나라가 되었다. 하지만 모든 게 순탄한 것은 아니었다. 내가 근무하는 병원에도 많은 동독 간호사들이 들어와서 함께 일하게 되었다. 그런데 그들은 서독 간호사에게, 그리고 한국, 필리핀, 베트남 같은 외국 출신 간호사에게 경계심을 드러내곤 했다. 별다른 대화를 나누지도 않았고, 환자나 의사도 경계하는 눈치였다. 같은 민족일지라도 살아온 체제와 문화가 다를 때 갑자기 함께 살아가는 것은 힘든 일이었다. 많은 준비를 하지 못한 채 통일된 뒤에 벌어진 혼란을 목격하면서, 남북이 통일된다면 우리는 얼마나 혼란스러울까 싶은 생각도 들었다. 통일 뒤에 이어진 독일의 혼란이 남 일처럼 느껴지지 않았다.

남편과 아들의 불화,

그럼에도 시도해본 한집살이


1991년 3월, 나는 드디어 보훔 대학교Ruhr University Bochum 의 신학부에 등록했다. 전해 12월에 아비투어를 무사히 마쳤기에 가능한 일이었다.

나는 독일 노르트라인베스트팔렌 주교회(독일 개신교 연맹에 소속된 독자적인 지방 교회)의 목사가 되어보고 싶었다. 그러기 위해서는 대학에서 신학 공부를 마친 뒤 자신이 등록한 지방 교회에서 목사 시험을 치러야 했다. 주교회에서는 실업을 막기 위해 필요한 인원만큼만 목사를 선발했고, 합격하게 되면 지방 교회에서 일정 기간 실습 전도사로 일한 다음 담임 목사로 안수를 받을 수 있었다.

나는 목사가 된 뒤 한인 여성들을 도우면서 한인 1세와 2세의 간극을 좁히는 일을 해보고 싶었다. 그런 일을 하는 데 신학이라는 학문이 적절한 매개가 되어줄 것 같았다.

대학에 들어가면서 드디어 내가 바라던 공부를 하게 되어서 나는 정말 행복했다. 미래를 꿈꿀 수 있어서 너무나도 좋았다. 그래서 더더욱 열심히 공부했고, 내가 공부할 수 있도록 남편이 배려하고 후원해준 게 참 고마웠다.

그러던 어느 날, 남편의 아들 철수가 불쑥 우리 집을 찾아왔다. 여러 색깔로 물들인 머리카락은 풀을 칠했는지 고슴도치처럼 비죽비죽 서 있었다. 일부러 찢은 듯한 옷 사이로 군데군데 맨살이 보였고, 윗도리와 바지 군데군데에 쇠 장식이 박혀 있었으며, 열 손가락에 모두 반지를 끼고 있었다. 한눈에 봐도 세상에 반항하고 있구나 하는 느낌이었다. 당시에 나는 펑크족을 이렇게 가까이에서 본 적이 없었다. 그러니 처음 본 순간부터 당혹스러울 수밖에. 나는 그 모습을 물끄러미 쳐다만 보고 있었다.

철수의 모습이 나를 당혹스럽게 했다면, 그런 철수를 바라보는 남편의 눈빛은 나를 힘들게 했다. 남편은 경멸과 노여움이 가득한 표정으로 짐승 보듯 아들을 바라보고 있었다. 이들 사이에는 얼음장 같은 분위기가 감돌았다.

"여기는 뭣하러 왔어! 내가 매달 돈 보내주잖아. 근데 왜 날 찾아온 거야, 왜! 당장 나가! 그리고 다시는 내 집에 오지 마! 알아들어?"

괴성에 가까운 남편의 고함 소리에 내가 끼어들 틈은 없었다. 나는 간신히 철수의 팔을 끌고 집 밖으로 나왔다. 우리는 집 앞 공원에 마주 앉은 뒤 한참을 말없이 허공만 바라보았다.

"아버지가 그렇게 소리 질러서 당황했지? 나도 무척 당황스러웠어."

"늘 그랬는데요, 뭐. 이상하지도 않아요."

한동안 침묵이 흘렀다.

"지금 엄마와 함께 살고 있니?"

"아니요. 집에서 나왔고, 아는 집에 빈 방이 있어서 거기서 생활하고 있어요."

"전문대학에 입학할 수 있는 졸업 시험은 합격했지?"

"네."

"다행이다. 앞으로 어떻게 살아갈진 생각해봤어?"

"아니요. 뭘 어떻게 해야 할지 모르겠어요."

"공부를 더 하고 싶진 않아? 하고 싶은 공부는 있니?"

"가능하면 계속 공부를 해서 선생님이 되든가 아니면 사회복지사가 되고 싶긴 한데……."

"내가 공부할 수 있는 방법을 알려줄까? 우리 집에 들어오는 거야."

"그럴 순 없어요. 아버지와 전 절대로 한집에서 못 살아요. 생각만 해도, 숨도 못 쉴 것 같아요."

한참 동안 우리는 서로 땅만 쳐다보았다. 그러다가 내가 다시 말을 걸었다.

"이런 상태로 앞으로 얼마나 버틸 수 있겠어? 직장도 없고 수입도 없는데 노숙인이 되어서 길거리에서 살고 싶어? 아니면 우리 집에 들어와서 네가 원하는 전공을 선택해서 단과대학이라도 졸업한 뒤 독립하고 싶어?"

철수는 말없이 고개만 숙인 채 앉아 있었다.

"근데 조건이 있어. 우리 집에 들어오려면 지금 같은 생활은 청산해야 해. 방세와 생활비는 우리가 댈게. 양육비는 매달 네 앞으로 은행 계좌를 만들어서 저금해줄 거야. 우리 집에 살면서 대학 공부를 마치고 취직해서 독립하면 되잖아.

근데 네가 아버지와 한집에 살려면, 두 사람이 지금처럼 서로를 대해선 안 돼. 아버지도 마찬가지야. 우리 모두가 한집에 사는 게 쉽진 않겠지만 노력한다면 불가능하진 않을 거야. 싸우지 않고, 할 수 있는 한 마찰을 피하면서 살 수 있겠어? 자신 있어? 이게 너에게 주어지는 마지막 기회일 수도 있어. 잘 생각해봐. 어때? 가능할까?"

한동안 말없던 철수는 3개월만 시간을 줄 수 있겠느냐고 물었다. 남편에게도 그 정도의 시간은 필요해 보였다. 3개월 뒤에 다시 만나 이야기해보자고 한 뒤 철수와 헤어졌다.

집에 돌아와 남편에게 이야기를 꺼냈는데, 남편은 아들과 한집에 사는 걸 완강히 반대했다. 자신은 아들을 보는 것 자체가 힘들다며, 차라리 생활비를 더 주더라도 따로 살지 같이는 못 살겠다고 강경하게 말했다. 남편은 아들 생각만 해도 화가 치민다고 했다.

나의 어머니가 나를 사랑할 수 없었듯이 자기 아들을 사랑할 수 없는 사람. 자신의 선택으로 독일 여성과 결혼했고 그 사랑의 열매로 아들이 태어났지만, 자신의 기대와는 너무 다르게 커나가는 아들의 모습을 받아들일 수 없어서 부자지간의 연을 끊다시피 하려는 남편. 그런 남편의 모습은 내가 이 세상에 태어나기를 바라지 않았던 내 어머니의 모습과 너무나도 닮아 있었다. 그래서 나는 철수에게 더더욱 마음이 쓰였는지도 모른다.

여러 차례의 조율 끝에 결국 서로 최선을 다한다는 약속을 하고서 철수는 우리 집에 들어왔다. 나는 그게 참 기뻤다. 내가 남편과 철수의 화해를 원했던 것은, 내 어머니와 나의 관계도 언젠가는 좋아지리라는 희망을 품고 싶었기 때문일지도 모른다. 그때까지 나는 엄마와 화해하지 못하고 있었지만, 남편과 철수에게는 아직 그 기회가 있다고 생각했다. 물론 아버지와 아들, 엄마와 딸이 서로 사랑할 수 없다면 그 또한 받아들여야겠지만 말이다.

철수는 우리 집에 들어온 뒤 단과대학에 들어가 사회복지학을 전공하고서 무사히 대학을 졸업했다. 아버지가 있는 동안에는 집에 잘 들어오지 않는 방식으로 가능한 한 만남을 피했지만, 어쨌든 아버지와 충돌하지 않고 지내보려고 애썼다. 대학을 졸업한 뒤에는 사회복지사로 취직해 독립했고, 여자 친구도 생겼다. 그렇게 철수는 우리 집에서의 생활을 기반 삼아 자신의 행복을 찾아 나갔다.

온갖 비난을 무릅쓰고
새로운 사랑을 찾아서

독일 전역에 있는 한인 교회의 연합 여신도 수련회가
있을 때마다 나는 수현이를 만났다. 수현이와 함께 있으
면 편하고 좋았다. 그때까지 이성에게 느끼지 못했던 감
정을 동성에게 느끼면서 혼란스럽긴 했지만, 그럼에도 나
는 수현이가 그저 좋았다. 우리는 자연스럽게 서로 사랑
하는 사이가 되어가고 있었다.

그런데 당시에 나는 남편과, 수현이는 여자 친구와 함
께 살고 있었다. 수현이의 여자 친구는 수현이와 내 관계
를 눈치챘으면서도 모른 척하고 있었다. 그녀는 한국에
있는 다른 여자 친구를 못 잊겠어서 한국으로 돌아가고
싶지만 수현이 때문에 못 떠나고 있다고 했다. 나와 수현
이의 관계를 알아챘기에 속내를 털어놓은 말이었을 것이
다. 언젠가 수현이 집에 들렀다가 돌아갈 때, 그녀는 묘한
표정을 지으며 이런 말을 나에게 하기도 했다.

"재미있었어? 자주 놀러와. 나도 한국 가서 좀 살게."

…

나에게 꽃을 꺾어준 사람, 수현이의 젊은 시절
모습. 수현이를 만나면 그저 좋았지만, 그러면서
도 나는 수현이에 대한 내 감정을 어떻게 받아들
여야 할지 몰라 당황스러웠다.

순간 미안하기도 하고 숨기고 싶었던 비밀을 들킨 것도 같아 내 기분이 묘해지곤 했다.

그런데 내가 느끼는, 말로 쉽게 표현할 수 없을 정도로 혼란스러운 이 감정은 과연 무엇일까? 처음에 나는 수현이에 대한 내 감정을 어떻게 받아들여야 할지 몰라 당황했다. 애정일까, 연민일까? 내가 여자를 사랑하게 된 건가? 그동안 살아오면서 한 번도 상상조차 해보지 못한 일이었다. 내가 동성을 좋아하다니? 그저 친구로 좋은 것은 아닌 것 같았다.

그 옛날 외할머니가 나를 사랑해주셨듯이 나를 편안하게 해주고 배려해주는 수현이와 나는 헤어지고 싶지 않았다. 수현이에 대한 내 감정은 특별한 것이었다. 같이 있으면 편하고 포근했다. 그저 옆에만 있어줘도 행복했다. 늘 같이 있으면 좋은 사람. 특별한 설명이 필요 없었다. 느낌으로 통하는 사이였으니까. 나는 수현이와 같이 살고 싶었다. 하지만 수현이에게는 어쨌든 여자 친구가 있었다.

그래도 무슨 가능성이 생기겠지. 근데 이 상황을 어떻게 지혜롭게 헤쳐 나가지? 나는 머릿속이 복잡했다.

내 마음의 변화도 문제였지만, 남편에게 이 상황을 설명하는 것도 문제였다. 나는 기회가 있을 때마다 수현이를 만나러 베를린에 갔다. 밤차를 타고 가서 2~3일씩 수현이와 함께 지내다가 집으로 돌아오곤 했다. 시간이 지나면서 남편도 서서히 나와 수현이의 관계를 눈치챘다. 더 이상은 이런 이중생활을 할 수 없겠다 싶어졌다. 결국 나는 남편에게 내 마음을 털어놓고, 더 이상 결혼 생활을 이어갈 수 없으니 이혼을 하자고 했다.

"그동안 내가 바라던 공부 다 할 수 있게 해줘서 정말 고마워요. 그렇지만 계속 이렇게 살 순 없어요. 나도 가능한 한 당신과 같이 살아보려고 노력했지만, 내 마음을 나도 어쩔 수가 없네요. 당신한테는 정말 많이 미안해요."

정말 그랬다. 인간적으로 나는 남편에게 미안했다. 그러나 계속해서 남편과 살 순 없었다. 남편은 끓어오르는 분노를 참을 수 없었는지 낯빛이 붉으락푸르락해지더니 나에게 이렇게 퍼부어댔다.

"길거리 지나가는 사람들 보고 물어봐요. 이런 경우가 세상에 어디 있나? 좋은 직장 있고, 가정에 충실하고, 부인이 바라는 대학까지 다닐 수 있게 해주는 남편이 어디 있다고! 아이도 싫다, 집 장만도 싫다 해서 그것도 다 들어줬고, 독일 교회에서 봉사하고 싶어해서 디아코니세 안수도 받게 해줬고, 대학 가고 싶어해서 입학 자격증 받을 수 있게 야간 고등학교도 보내줬고, 그 자격증 받아서 대학 가더니 이제 와서 이혼하자고요? 당신 너무 뻔뻔한 거 아니요? 사람이 은혜를 알아야지! 어떻게 그렇게 나를 배신할 수 있소?

당신은 나를 이용만 한 거야. 나는 이혼에 합의 못 해요. 당장 어머니께 전화해서 상황 설명하고 오시라고 해요. 당신 어머니가 뭐라고 하실지. 내 참 기가 막혀서……."

이후 내가 이혼하려 한다는 소식이 한인 사회의 화젯거리가 되었다. 그사이에 독일에 와서 공부하던 두 시동생 가족은 어떻게 해서라도 우리의 이혼만큼은 말려보려고 노력했다. 하지만 그런다고 내 결심이 바뀌진 않았다. 그 즈음 스위스에 계시던 어머니가 우리 집에 오셨다. 집에 도착하자마자 어머니는 나에게 폭언을 퍼부어대셨다.

"내가 너한테 뭐라고 했어. 너는 결혼하면 안 된다고 했지? 왜 내 말을 안 들었어! 왜 멀쩡한 남자를 불행하게 만들어! 네 남편이 너한테 얼마나 잘해줬는데. 김 서방한테 미안해서 내가 얼굴을 못 들겠다. 너한테 일도 안 시키고, 하고 싶은 공부도 다 시켜주고, 이제 신학대학도 다니면서 이혼이라…….

남편이 바람을 피운 것도 아니고, 너를 때리고 구박한 것도 아니고, 네가 하고 싶은 건 다 누리고 살면서 너는 어쩜 그렇게 이기적이니? 하나님이 그래도 괜찮다고 하시던? 너는 신학 공부를 할 자격도 없어. 그러고서 이번엔 여자야? 네가 무슨 변태니? 네 아버지도 그러진 않았어! 아이고, 내가 너 때문에 정말 창피해서 못 살겠다!"

이 말을 듣고 있자니 어머니가 친정 엄마가 아니라 시어머니인 것만 같았다. 어머니와 남편은 무슨 할 말이 그리 많은지 그날 밤새도록 이야기를 나누었다. 간간히 내 방으로 들려오는 어머니의 말소리는 모두 다 내 흠집이었다. 내가 자라오면서 고집이 셌고, 말도 잘 안 들었고, 아버지를 닮아서 능글거렸고, 거기에다가 외할머니가 버릇을 잘 못 들여서 저 모양이 되었다는 둥……. 나로서는 차

마 듣고 넘기기 힘든 말들이라 이불을 뒤집어쓴 채 밤새
도록 울었다.

어머니는 나를 정말 미워하셨다. 나를 보면 치밀어 오
르는 분노를 참지 못하셨고, 나는 죄인처럼 늘 그 모든 화
를 견뎌야만 했다.

어머니는 다음 날 아침 일찍 우리 집을 떠나면서까지
나에게 악의에 찬 말들을 쏟아내셨다.

"다시 한번 말하지만, 잘 생각해서 결정해. 네가 이혼하
면 나와 모녀 인연 끊는 거다. 너 같은 딸은 없는 걸로 칠
테니, 너도 나를 엄마라고 생각하지 말고 네 맘대로 살아
보든가. 그게 차라리 마음 편하겠다. 아이고, 무자식이 상
팔자지. 아저씨는 모르고 있으니 전화도 하지 말고 연락
끊어."

어머니는 뒤도 돌아보지 않은 채 다시 스위스로 돌아가
셨다. 우리는 왜 이런 악연으로 태어났을까. 외할머니 말
씀대로 전생에 무슨 원한이 있어서 어머니는 나를 그렇게
미워하는 걸까. 온갖 설움이 북받쳐 올라왔다.

사실 부부의 세계는 두 당사자 외엔 아무도 모른다. 정

말 만족스러운 결혼 생활이었다면 내가 왜 이혼을 택했겠는가. 한편으로는 내가 계속 공부할 수 있게 뒷받침해준 남편에게 감사했지만, 그것만으로 행복하지 않은 결혼 생활을 계속할 순 없었다. 독일에는 "난 너의 냄새가 싫어" Ich Kann dich nicht riechen 라는 말이 있다. 풀이하자면 당신이 싫어졌다는 표현이다. 이미 내 마음은 남편에게서 떠났고, 나는 새로운 사람을 사랑하게 된 것이다.

물론 나는 여자를 사랑하게 되리라고는 상상하지도 못했다. 그러나 어느 날 갑자기 나는 그 여자를 사랑하게 되었고, 나는 그 여자를 선택했다. 늘 그랬던 것처럼 내 삶은 내가 결정하고 내가 책임진다. 주위 사람들이 나를 어떻게 평가하는지는 그리 중요한 게 아니다. 나에게는 나 자신이 가장 중요했고, 나는 그만큼 행복하고 싶었다. 인간적으로는 남편에게 미안했지만, 어쩔 수 없었다.

이후 남편은 내가 원해서 하는 이혼이니 위자료는 한 푼도 줄 수 없고, 입을 옷가지만 들고서 집을 나가라고 했다. 처음에는 책도 모두 태워버리겠다고 하더니, 생각이 바뀌었는지 나중에 책은 그냥 가져가라고 했다. 나는 이후 경제적인 도움을 일체 받지 않겠다는 서명을 하고서 이혼을 했다. 그와의 인연은 여기까지였다. 다행히 이혼 후 남편은 다른 한국 여성과 결혼했다고 들었다. 나는 그가 행복하기를 진심으로 바란다.

한편 이혼하는 과정에서 나는 많이 외로웠다. 1960년대에 독일에 광부나 간호사로 온 한국 사람들은 대부분 보수적이었다. 예외는 있겠지만, 가부장적인 교육을 받으며 성장한 사람들은 대부분 나를 이해하기 어려웠을 것이다. 평소에 나를 알고 지냈던 한국 사람들은 이혼 수속을 밟는 동안 이런 말들을 했다.

"그렇게 착실한 사람과 이혼하려 하다니. 하고 싶은 공부도 다 시켜줬는데 말이야. 들어온 복을 발로 차면 안 돼는 거야."

"이혼하지 마라. 미래를 생각해야지. 여자를 좋아하는게 가당키나 한 소리냐?"

"사람이 한 번 실수할 순 있으니 남편에게 용서해달라고 하고 다시 살아."

사람들은 내 문제에 관여할 자격이 있다고 생각하는지

밤낮으로 전화를 해서 충고와 욕설을 번갈아가며 해댔다. 마치 자기들이 도덕 선생님이라도 된 양 나를 가르치려 들었다. 예고 없이 찾아오는 일도 잦았다. 나는 그들이 나에 대해 함부로 말하는 게 너무 싫었다. 그들의 참견이 너무 싫었다. 그들의 무례함이 너무 싫었다.

한국에서는 그 누구도 나에게 신경 쓰지 않았고 도움 청할 곳도 없었기에 늘 혼자여서 힘들었다. 그런데 독일에 와서는 너무 많은 사람들이 나를 내 방식대로 살아가게 내버려두질 않아서 힘들다니……. 설령 내 결정이 잘못되었더라도 무슨 자격으로 그들은 나를 괴롭히는 걸까? 한인들에게 나는 비난받아 마땅한 잘못을 저지른 여자로 낙인찍혔다. 결국 내가 한인 사회에 발길을 끊는 수밖에 없었다.

나는 디아코니세 교육을 받았던 비텐으로 거처를 옮겼다. 그러고서 보훔 대학교 신학부에 재직 중인, 평소에 존경하던 교수님을 찾아가 상담을 청했다. 나는 교수님께 그간의 상황과 한인들의 나에 대한 비난을 털어놓았고, 내가 더 이상 신학 공부를 하긴 어렵겠다고 말씀드렸다.

묵묵히 이야기를 듣고 계시던 교수님은 내게 이렇게 물어보셨다.

"왜 당신이 더 이상 신학 공부를 하면 안 된다고 생각하지요? 당신은 여자를 사랑하는 게 타인의 모범이 되지 못한다고 생각하는 건가요? 당신 스스로가 자신을 받아들이지 못하는데, 어떻게 다른 사람이 당신을 받아들이겠어요? 당신이 진정으로 그 친구를 사랑하는데, 무슨 문제가 있지요? 이 세상에는 당신들의 사랑을 비판할 수 있는 사람도, 정죄할 수 있는 사람도 없어요. 하나님이 당신의 지금 모습 그대로를 사랑한다고 믿지 않으세요? 그렇다면 당신이 신학을 포기할 이유도, 사람들에게 변명할 이유도 없습니다. 스스로에게 당당해지세요."

독일은 성소수자 인권 문제에 대해 상당히 진보적인 정책을 펴고 있는 나라 중 하나다. 하지만 이들에게도 어두운 과거가 있다. 역사적으로 보면 독일제국과 나치 독일은 형법 175조에 근거해 성소수자에 대한 탄압 정책을 폈다. 나치 독일 시절에는 많은 성소수자들이 강제수용소에서 죽음을 맞기도 했다. 하지만 나치 독일의 패망 이후 동독에서는 1968년부터, 서독에서는 1969년부터 성소수자를 불법화하는 정책을 거두고 이들의 존재를 공식적으로 인정했다.

현재 독일에서는 동성 커플을 법적으로 인정해준다. 2001년부터 시행된 시민결합 제도를 통해 동성 커플은 상속, 이혼 수당, 건강보험, 이민, 병원 및 교도소 방문 등에 있어서 이성 커플과 동일한 권리와 의무를 가질 수 있게 되었다. 이후 트랜스젠더의 성별 전환도 합법화되었으며, 성소수자의 군복무도 허용되었고, 성적 지향 및 성별 정체성에 따른 차별금지법도 통과되었다. 시민결합 제도가 가족 구성원으로서 동성 동반자의 법적 지위를 인정하는 것이었다면, 2017년에 이르러서는 한발 더 나아가 동성결혼까지 제도로 안착되었다. 이처럼 독일 사회는 시간이 흐르면서 점차 성소수자의 권리를 폭넓게 인정하는 방향으로 나아갔다.

그런데 독일에 거주하는 많은 이주민들은 이러한 독일 사회의 변화를 감지하지 못하는 경우가 많았고, 받아들이기도 어려워했다. 문화와 종교, 정서 등이 다른 이들로서는 시대의 변화를 받아들이는 것이 무리인 경우가 많았다. 한국에서 온 이주민들도 마찬가지였다. 하지만 나에게 이러한 변화는 새로운 세상을 받아들이면서 동시에 나를 탈바꿈할 수 있는 절호의 기회가 되어주었다.

4장

나의 배움을 세상에 펼쳐내다

이혼 후 비텐에 머물던 나는 1992년 3월 새로운 각오를 품고 베를린으로 이사를 했다. 수현이와 함께 살던 친구는 한국으로 영구 귀국했고, 나는 수현이의 집으로 거처를 옮겼다. 다시 새로운 곳에서 삶을 꾸려 나간다는 것은 만만치 않은 일이었다. 하지만 수현이와 함께하는 생활은 행복했다.

처음에는 내가 여자를 사랑한다는 사실이 당황스러웠다. 하지만 시간이 지나면서 나는 그런 나 자신을 받아들이게 되었다. 우리 관계에 대한 부끄러움도 사라졌다. 그만큼 수현이와 내 관계는 자연스러웠다. 사람이 사람을 사랑하는 게 무슨 잘못이겠는가.

나에게는 있는 그대로의 나를 받아들이면서 나 자신을 사랑하는 게 우선이었다. 내게 가장 소중한 것은 나 자신이었다. 나는 엄마 같고 언니 같고 친구 같은 수현이를 사랑했고, 그녀에게 의지했다. 나는 내가 선택한 인생에 만족했다. 세상 사람들이 나를 어떻게 평가하는지보다 내가 얼마나 행복한지가 훨씬 중요했다. 타인에게 해를 끼치지 않는 한 내 뜻대로 살아가야 하지 않겠는가.

수현이와 내 관계에 대해 우리 주변의 한인 사회 사람들은 모두 알고 있었다. 한국에서 태어나고 자라서 보수적인 사고방식이 몸에 배어 있던 그들로서는 우리 관계가 탐탁지 않았을 것이다. 그러면서도 우리가 어떻게 사는지 궁금했을 것이다. 하지만 그들은 우리 관계에 대해 직접 물어오지 않았다. 뒤에서 수군댈지언정 우리 앞에선 아무런 말도 하지 않았다. 알면서도 모른 척하는 것이었다.

사실 수현이 외에 다른 한국 사람을 만나는 것이 한동안 내겐 두려운 일이었다. 이혼하는 과정에서 주변의 한국 사람들에게 받은 상처가 너무 컸기 때문이다. 그 힘들던 시절, 나에게 큰 힘이 되어준 것은 디아코니세 친구들이었다. 그들은 나와 다른 나라에서 태어났고 생김새도 달랐으며 다른 교육을 받고 자란 독일인이었다. 하지만 이혼이라는 어려움이 닥쳤을 때 진심으로 걱정하면서 내 판단과 결정을 존중해준 것은 바로 그들이었다. 당시의 내가 힘든 시간을 견딜 수 있었던 것은 그들이 내 곁에 있어준 덕분이었다.

한편 수현이가 사는 베를린으로 거처를 옮기면서 나는 베를린 신학대학교Kirchliche Hochschule Berlin로 학교를 옮겼다. 1991년 보훔 대학교에서 신학 공부를 시작했을 때 나는 목사가 되어서 목회를 하고 싶었다. 한인 여성들을 돕고, 한인 1세와 2세 사이의 가교 역할을 해보고 싶었기 때문이다. 하지만 베를린에 오면서 나는 신학을 연구하는 방향으로 진로를 틀었다. 독일 교회라면 모르겠지만 한인 교회에서는 나를 목사로 받아줄 것 같지 않았기 때문이다. 그러던 중 내가 다니던 베를린 신학대학교가 베를린 훔볼트 대학교Humboldt-Universität zu Berlin와 합병하면서 내 학적도 베를린 훔볼트 대학교로 이전되었다.

...

대학에 들어가 신학 공부를 시작한 뒤 목회 활
동을 하기 위해 고민하던 시절, 교회에서 목사
복을 입고 설교를 하던 모습.

베를린에 살면서부터 나는 전적으로 내 살림을 책임져야 했다. 전 남편에게는 어떠한 경제적인 도움도 받지 않겠다고 했으니, 생활비는 모두 내가 감당해야 했다. 낮에는 대학에서 강의를 들으며 공부했고, 오후에 집에 돌아와 몇 시간 눈을 붙인 뒤 병원에서 야간 근무를 하며 돈을 벌었다. 하루가 어떻게 지나가는지 알기 힘들 정도로 바쁜 나날들이었다. 내 삶을 책임지며 꾸려가는 일은 결코 만만치 않았다.

그러면서도 나는 공부를 손에서 놓을 수 없었다. 그만큼 배움에 대한 갈망이 컸다. 나는 대학에 다니면서 별도로 성서극Biblio-Drama도 공부했다. 내가 참여한 것은 목사, 전도사, 신학도 등을 위해 베를린과 브란덴부르크 지역에서 실시한 성인교육 프로그램이었다. 나는 2년 6개월간 총 400시간의 교육을 받고서 성서극 강사 자격증을 취득했다.

성서극 교육은 학문적으로 성서를 분석하는 대학 교육과는 달리 개인적 체험을 바탕으로 신앙에 접근하는 것이었다. 이는 성서에 대한 새로운 접근이면서 동시에 나 자신의 삶을 점검하는 계기가 되어주었다. 성서극을 배우면서 나는 내가 이해하는 하나님이 아닌, 내가 만나는 하나님을 생각해보게 되었다. 즉 학문적이고 이성적인 관점으로 종교를 분석하는 게 아니라, 감정적이고 정서적인 관점으로 인간 김인선이 어떻게 신을 만나는지 살피는 작업이었다.

성서극을 배우면서 새로운 관점을 갖게 된 것은 나에게 말로 다 설명할 길 없는 변화를 가져왔다. 내가 다른 사람의 신앙에 대해 함부로 말할 수 없고, 다른 사람도 내 신앙에 대해 쉽게 말해서는 안 된다는 사실을 깨달았다고나 할까. 내 신앙과 다른 사람의 신앙이 다를 수 있다는 걸 인정하면서, 이에 대해 갖춰야 할 태도를 배우게 된 것이었다.

한편 대학에서 신학을 공부하는 것은 무척 힘든 일이었다. 언어만 하더라도 독일어, 영어, 라틴어뿐만 아니라 고전어인 헬라어와 히브리어까지 배워야 했다. 수많은 자료들을 읽고서 함께 공부하는 이들과 토론도 해야 했다. 하지만 나는 공부를 이어가서 무사히 대학을 졸업했다. 또한 보훔 대학교에 입학해 신학 공부를 시작한 지 12년 만인 2003년에는 베를린 훔볼트 대학교에서 석사 학위까지 받았다.

내 석사 논문은 엘리아 선지자가 활약하던 구약 시대의 여성상을 근대 한국 기독교에서의 여성상과 비교해보는 작업이었다. 신학을 공부하면서 나는 성서에 등장하는 많은 여성들의 삶을 살펴보게 되었다. 그중 구약 시대 팔레스타인에서 여성들이 처해 있던 위치가, 유교적 가부장제 아래에서 제 권리를 인정받지 못하고 살아갔던 근대 한국 여성의 위치와 유사하다는 생각이 들었다. 그래서 석사 논문에서 이를 본격적으로 견주어보았다.

구약 성서에 등장하는 엘리아 선지자는 바알 성전을 만들고 이방의 신을 믿는 악독하고 못된 여자라며 당대의 황후였던 이세벨을 호되게 비판한다. 반면에 남편을 잃고서도 자신을 보호하면서 시중들어준 여인은 선한 여성이라고 평가한다. 그런데 이러한 성서의 기록은 과연 사실일까. 당시의 여성들에 대한 이런 평가는 혹시 남성적인 시선에서 비롯된 것이 아니었을까.

서양 선교사들을 통해 한국에 기독교가 전파되었던 때

를 돌이켜보자. 당시의 기독교는 착한 며느리, 조신한 아내, 현명한 어머니로 살아가도록 강요받았던 기존의 가부장제적 여성상을 고스란히 교회 안으로 가져왔다. 그래서 가부장의 위치에 목사를 두고, 여성은 목사를 섬기는 여신도로만 여겼다. 즉 한국 기독교에서 여성의 역할은 가부장제에서 여성의 역할과 유사하게 자리매김된 것이다.

이러한 분석을 통해 내린 결론은, 21세기를 살아가는 한국 여성들이 새로운 관점으로 성서를 재해석해야 한다는 것이었다. 남성의 시각으로 기록된 성서를, 여성과 남성을 아우르는 진보적인 입장에서 다시 연구해야 한다고 본 것이다.

내 논문은 내가 한국에 대한 관심을 품고 있으면서 동시에 여성으로서의 정체성과 시각을 탐구해 나갔기에 가능했을 것이다. 그렇게 나는 신학 공부를 하면서, 멀리 떨어진 고국을 염두에 두기도 하고 나 자신의 시각을 견고하게 다지는 삶을 이어 나갔다.

죽음을 앞둔 이들을 돌보는
호스피스 활동을 시작하다

병원에서 일하면서 학업을 이어가던 중, 나는 새로운 일에 뛰어들게 되었다. 2001년부터 베를린의 성 요제프 병원에서 호스피스 강사로 일하게 된 것이다. 친구로 지내던 앙겔리카 수녀님이 이 병원에서 가정 방문 호스피스 자원봉사자 교육을 시작하셨는데, 도움을 청하셔서 나도 이 프로그램에 합류하게 되었다.

사실 인간이라면 누구나 고통 없이 존엄을 유지하면서 삶을 마무리하기를 바랄 것이다. 그러한 과정을 함께하는 호스피스 활동은 내게 새로운 사명감을 부여하는 일로 다가왔다. 죽어가는 사람들의 마무리를 도울 기회가 생긴 것이 나는 무척이나 기뻤다. 그 누구도 죽음을 피해갈 수 없는데, 이를 막연하게 생각하거나 회피하는 게 아니라 구체적으로 준비하는 현실적인 일이어서 더더욱 마음이 이끌렸다.

역사적으로 보면, '호스피스'라는 말은 손님을 환대하

는 주인이라는 뜻의 라틴어 '호스피티움'hospitum에서 유래했다. 호스피티움은 3~4세기에 가톨릭 수도자들이 나그네에게 무료로 침식을 제공하는 것을 가리키는 말로 쓰였는데, 여기에서 여행자들을 위한 숙소인 '호스텔'이라는 말이 비롯되기도 했다. 그런데 호스피티움의 전통은 마르틴 루터의 종교개혁 이후 많은 수도원들이 사라지면서 그 명맥이 끊긴다.

독일에서는 19세기 중반에 디아코니세를 양성했던 테오도어 플리트너 목사 부부가 독일 최초로 기독교 병원을 설립했는데, 많은 디아코니세들이 이 병원에서 죽음을 앞둔 환자들을 돌보았다. 디아코니세 안수를 받은 이들이 의료계에 종사하는 전통은 지금까지도 이어지고 있다.

한편 한 사람의 삶을 마무리하는 과정을 전문적으로 함께하는, 현대적 의미의 '호스피스' 개념은 영국의 의사이자 사회사업가 시슬리 손더스Cicely Saunders가 널리 전파했다. 그녀는 1967년 현대적 호스피스의 산실로 꼽히는 세인트 크리스토퍼 호스피스St. Christopher hospice를 설립하면서 활발한 활동을 벌였다. 연이어 1968년에 미국에서 가정 방문

...

현대적 호스피스의 출발로 꼽히는 세인트 크리스토퍼 호스피스. 1967년 시실리 손더스가 설립한 이곳은 현재까지 영국 런던에서 그 명맥을 이어가고 있다. © St. Christopher hospice

호스피스가 시작되었고, 1969년에는 스위스의 정신과 의사 엘리자베스 퀴블러 로스Elisabeth Kübler-Ross가 『죽음과 죽어감』이라는 책을 펴내면서 말기 환자의 돌봄에 대한 관심이 증대되었다.

한국에서는 1965년 마리아의 작은자매회라는 가톨릭 수도회의 주도로 강원도 강릉에 갈바리의원을 개원하면서 죽음을 앞둔 환자들을 돌본 것을 호스피스의 시초로 본다. 호주 출신의 수녀님 네 분과 스물두 명의 직원이 병원에서 일하면서 가정 방문 호스피스를 병행해 시도한 것이었다. 이후 1978년에 이곳에는 4개 병상을 갖춘 호스피스 병동이 별도로 마련되었다.

그러다가 1988년에 이르면 국내 종합병원 최초로 강남 성모병원(지금의 가톨릭대학교 서울성모병원)에 10개 병상을 갖춘 호스피스 병동이 개설된다. 이후 병원 부속형 호스피스도 여럿 만들어지고, 가정에서 환자를 돌보는 독립형 호스피스도 서서히 보급된 것으로 알고 있다.

현대에 들어와서 호스피스 활동이 대두된 것은 과학기술이 발전하고 사회경제적 수준이 향상되면서 인간의 평

균수명이 연장된 것과 관련이 있다. 수명은 늘었지만 만성질환을 앓는 이들이 늘어났고, 그렇기에 더더욱 인간의 존엄성을 잃지 않으면서 죽음을 맞는 문제가 중요해진 것이다.

좀 더 시야를 넓혀 살펴보면, 고령화 사회가 시작되면서 노인 소외, 생명 경시 등이 초래되는 것에 대한 대응으로 호스피스 활동이 주목받았다고도 할 수 있다. 최근의 이슈로 보자면, 2000년에 네덜란드에서 처음 통과된 뒤 벨기에와 스위스로 확산된 조력 자살의 법적 허용 문제와도 관련된다. 조력 자살은 독극물이나 약물 투여 등 작위적인 방법으로 생명을 단축시키는 것으로, 연명 치료 중단 같은 소극적 안락사가 아닌 적극적 안락사를 말한다. 이는 질병의 고통을 없애려는 의학적 조치에 초점을 맞춤으로써 인간 스스로 자신의 생명에 위협을 가하는 것을 허용하는 것이다. 독일에서는 이러한 조력 자살의 위험을 경계하는 활동으로써 삶의 마지막을 적극적으로 돌보는 호스피스 운동이 자리하고 있다.

호스피스의 운영과 교육 방침 등은 각 나라마다 다르지

만, 어느 나라든 가까운 시일 내에 죽음을 맞게 될 이들이 존엄성을 지키면서 삶을 마무리할 수 있도록 보살피는 것을 호스피스 활동의 기본으로 본다. 그런데 이 활동은 단지 신체를 돌보는 데 그치지 않는다. 세계보건기구WHO는 허약하지 않거나 병에 걸리지 않았다는 식으로 신체적 상태가 양호한 것만을 '건강하다'고 지칭하지 않는다. 그보다 폭넓게 정신적·사회적 상태까지 양호해야 비로소 건강하다고 정의하는 것이다. 호스피스 활동도 마찬가지다. 이는 죽음을 앞둔 이들의 육체적 측면뿐만 아니라 정신적·사회적 측면까지 돌보는 활동인 것이다.

사실 죽음을 앞둔 이들의 고통은 정신적 보호 없이는 조절이 불가능하다. 달리 말하면 육체적으로 쇠약해진 환자여도 정신적으로 잘 뒷받침될 때 좀 더 편안하게 생을 마감할 수 있다. 그러려면 기본적으로 호스피스 활동은 환자의 가치관을 인지하면서 그것을 존중하는 데서 출발해야 한다.

실제로 호스피스 활동을 해온 이들은 경험을 통해 이를 잘 알고 있다. 환자의 통증을 완화하는 데는 의료진의 도움이 필요하겠지만, 정신적 측면을 보살펴줄 성직자나 전문 상담가, 자원봉사자 등의 도움 역시 고려되어야 한다. 환자의 경제적 어려움, 남겨둔 일에 대한 미련, 가족에 대한 염려, 장례 문제, 그리고 사별 후 환자 가족들이 겪는 고통과 슬픔도 함께 염두에 두어야 하는 것이다.

독일에서는 호스피스 자원봉사자가 되려면 6∼12개월 동안 90시간의 이론 교육과 40시간의 실습 교육을 받아야 한다. 죽음을 목전에 둔 사람을 직접 대하는 일이기에 단단한 교육이 필요한 것이다. 교육 기간 동안에는 자원봉사자의 일대기 작업, 대화의 기술, 슬픔을 대하는 방법, 죽음을 준비하는 법, 안락사술安樂死術 통증 완화, 삶과 죽음에 대한 각 문화와 종교의 차이, 호스피스의 의미와 역사, 호스피스 및 자원봉사의 조직과 유형, 호스피스 활동의 문제점 등을 배우게 된다.

호스피스 자원봉사자는 활동을 하면서 정기적으로 슈퍼비전supervision을 받아야 한다. 슈퍼비전이란 의사, 심리치료사, 사회복지사, 변호사, 목사, 교사, 자원봉사자 등이 개인 혹은 그룹으로 전문적 훈련을 받아 자격을 갖춘 슈퍼바이저supervisor에게 정기적인 상담을 받는 것을 말한다. 이론으로 많은 것을 배웠을지라도 실전에서 다양한 문제에 부딪힐 수 있는데, 슈퍼비전은 이를 헤쳐 나가는 데 필요한 교육의 일환이다. 이때 상담을 받는 이들을 슈퍼비잔트supervisand라고 부르는데, 슈퍼비잔트는 슈퍼비전을 통해 일하는 과정에서 벌어지는 여러 문제들을 검토하고 좀 더 효율적으로 상황을 변화시키는 방법을 찾아 나가게 된다.

슈퍼비전에도 여러 종류가 있다. 주로 사적인 문제나 인간관계를 진솔하게 털어놓고 진단해보는 개인 슈퍼비전, 여러 슈퍼비잔트들이 슈퍼바이저와 함께 모여서 서로의 생각을 나누고 자기 자신을 돌아보는 그룹 슈퍼비전, 슈퍼바이저가 없이 슈퍼비잔트들끼리 모여서 서로의 슈퍼바이저 역할을 해주는 쌍방 슈퍼비전 등이 있다.

독일에서는 호스피스 슈퍼바이저가 되려면 4년제 일반 대학을 졸업해야 하고 3년 이상의 실습과 300시간 이상의 교육을 받아야 한다. 또한 최종적으로 강사 슈퍼바이저에게 40시간의 슈퍼비전을 받고 현장에서 직접 팀을 이끌어보는 실습을 마쳐야 독일 전역에서 인정하는 슈퍼바이저 자격증을 받고 활동할 수 있다. 슈퍼바이저가 되면 슈퍼비잔트 개인 및 그룹과 계약을 체결한 뒤 슈퍼비전을 시행하면 된다.

현재 독일의 의료 시스템에서는 건강보험을 통해 호스피스 비용이 지불된다. 그래서 건강보험에 가입한 사람이라면 누구나 병원이나 가정에서 경제적 부담 없이 호스피스의 도움을 받을 수 있다. 또한 호스피스와 관련한 법률도 잘 정비되어 있으며, 이러한 활동에 대한 재정적 후원도 널리 이루어지고 있다. 나는 독일 사회가 이런 의료 시스템을 차근차근 갖춰 나가는 것을 지켜보면서 많은 것을 배우고 깨달아 갔다.

자기 삶을 돌아보는 것,

그것이 주는 힘에 대하여

독일의 호스피스 교육 가운데서 나에게 가장 인상적이었던 것은 자원봉사자들이 자신의 일대기를 정리하는 과정을 거친다는 점이었다. 각자 자신의 삶을 되돌아보면서 그에 대한 입장과 관점을 정리해본 사람만이 죽음을 앞둔 이를 도울 수 있다는 생각에서 비롯된 교육이었다. 이는 먼지가 쌓여 있던 자기 인생의 서랍을 하나씩 꺼낸 뒤 그 안에 있는 것들을 정리하는 듯한 과정이었다. 또한 즐거웠던 일, 힘들었던 일, 덮어두고 지나쳤던 일 등을 다시 짚어보고 직시하면서 자기 상처를 어루만지는 시간이기도 했다.

일대기를 정리하는 작업은 호스피스 일에 대한 자신의 입장에서부터 스스로에 대한 질문으로까지 이어진다. 나는 호스피스 자원봉사자로서 진심으로 타인을 위해 봉사하고 싶은가? 이 일은 내가 감당할 수 있는가? 나는 평소에 다른 사람을 진심으로 존중하는가? 그리고 나 자신을 성심껏 존중하는가? 나는 같은 눈높이로 상대방과 대화할 수 있는가? 지금까지 내 삶은 어떠했으며, 앞으로 나는 어떻게 살고 싶은가? 나는 타인의 죽음 그리고 자신의 죽음을 어떻게 받아들이고 있는가?

자기 일대기를 정리한다는 것은 이러한 질문들에 대해 각자의 답을 찾아 나가는 과정이었다. 이런 과정을 거치면서 호스피스 자원봉사자가 된다는 것은 단순히 무언가를 배우고 누군가를 돕기만 하는 게 아니라 자기 삶의 태도를 살피고 재정립해가는 것이었다. 나 역시 호스피스 자원봉사자로서 일대기를 정리하면서 내 인생을 돌아본 적이 있다. 이는 내가 누군가를 잘 도와주기 위해서도 필요하지만, 무엇보다도 나 자신을 위해 필요한 일이었다.

한국에서 태어나 자라면서 나는 외할머니와 함께 살던 때를 제외하고는 늘 어른들의 눈치를 봐야 했다. 같이 놀아주는 친구도 없이 외톨이로 지내야 했다. 나를 위해서는 어떤 것도 아까워하지 않는 외할머니가 계셨지만, 나를 보기만 해도 화를 쏟아내는 어머니도 계셨다. 이들 사이에서 나는 사랑과 증오를 배우며 자랐다.

그렇게 22년을 지내다가 독일로 오게 되었는데, 처음에 나는 새로운 미래가 나를 기다린다는 꿈에 마냥 젖어 있었다. 무엇을 어떻게 해야 할지 알진 못했지만, 나는 미지의 세계에서 삶에 대한 설계도를 그려 나갔다.

하지만 독일에서의 생활은 순탄치 않았다. 언어와 문화가 다른 타국에서 홀로 새로운 삶을 시작하며 난관을 거쳐야 했다. 그것은 한국에서의 삶 이상으로 힘든 일이었다. 그 가운데서 나는 정체성의 혼란을 겪으며 외로움과 우울을 견디다 못해 3년 6개월 만에 한국으로 돌아갔다. 하지만 한국은 내가 살아갈 만한 곳이 아니었다.

다시 독일로 돌아와서도 방황이 이어졌다. 1979년에 간호학교를 졸업한 뒤 간호사로 일하기 시작했고, 서른네 살에는 결혼을 했다. 디아코니세 안수를 받았으며, 야간 고등학교를 다니며 대학 입학 자격을 얻었고, 마침내 대학에 들어가서 신학을 공부하게 되었다. 그렇게 독일에서의 삶에 안착하는 듯 보였지만, 그럼에도 나는 늘 행복을 갈구했다. 독일 사회는 줄곧 내게 새로운 자극이 되어주었고, 배움을 갈망하던 나에게는 하나씩 기회가 찾아왔다. 그럼에도 돌이켜보면 나는 한곳에 안주하지 못한 채 늘 무언가를 찾아 헤매는 나그네 같았다.

그때 내 곁에서 위로와 사랑을 베풀어준 것이 바로 수현이다. 나를 향한 수현이의 사랑은 특별했다. 수현이에 대한 나의 사랑 또한 각별했다. 특히 수현이는 배움에 목마른 나를 격려하고 후원해주었다. 나는 내 친구이자 연인이자 가족인 수현이와 과거의 삶을 나누었고, 미래도 함께 계획할 수 있었다.

자신의 삶에 충실하려면 우선 스스로에 대해 정확히 알아야 한다. 또한 내가 어떤 인생을 살고 싶은지 고민하면서 그 미래를 찾아 나가야 한다. 수현이는 내가 그러한 과정을 거치는 동안 항상 나와 함께해주었고, 내가 더 나아지려고 노력하는 데 대해서도 진심으로 응원해주었다.

돌이켜보면 분명 굴곡 있는 삶이다. 하지만 나는 난관이 있다고 해서 그 불행 가운데 나를 내버려두지 않았다. 나에게는 분명 행복해질 권리가 있다. 나는 그렇게 나 스스로를 존중하면서 꾸준히 노력해왔고, 앞으로도 그렇게 살아가고 싶다.

이종문화 간의
호스피스 단체를 설립하다

2001년 호스피스 활동에 발 들인 뒤, 나는 차근차근 전문가로서의 이력을 쌓아 나갔다. 호스피스 팀장으로 일하기 위해서는 사회복지사나 간호사로 다년간 일하거나 그에 준하는 경력이 있어야 하고, 그 외에 팀장 교육과 완화의학 전문인 교육 등을 받아야 한다. 나는 2004년에 이들 교육을 모두 마치고 호스피스 팀장, 호스피스 지도자, 호스피스 팀 조정 자격증을 취득했다.

독일에서는 호스피스 자원봉사자의 교육비와 슈퍼비전 강사료를 모두 호스피스 단체에서 부담하기 때문에 재정적 여력이 없더라도 시간과 노력을 들이면 모두 해볼 수 있는 일들이었다. 그렇게 나는 호스피스 활동에 필요한 다양한 교육을 받으며 부족함이 없도록 스스로를 갈고닦았다.

이 시기에 나는 20여 명의 한국인 여성을 호스피스 자원봉사자의 길로 이끌기도 했다. 2004년 12월 베를린 한국부인회의 주최로 열린 호스피스 일일 세미나를 통해서였다. 내가 배운 것을 한국인 여성들에게 전하는 작업이었기에 꽤 의미 있는 일이었다.

이렇게 살아가던 가운데, 나에게는 호스피스와 관련한 새로운 고민이 생기기 시작했다. 1960년대 이후 독일 사회에는 돈을 벌기 위한 단기적으로 이주하는 외국인들이 많이 찾아들었다. 광부와 간호사로 일하기 위해 이곳에 온 한국인들 역시 그런 이들이었다. 그런데 1980년대 전후부터는 일본, 베트남, 태국, 대만, 중국 같은 아시아 국가에서 국제결혼을 통해 독일로 이주해오는 외국인들이 늘어났다. 시간이 지나면서 독일 사회에 외국인들이 유입되는 방향의 변화가 생긴 것이다.

호스피스 활동과 교육에 힘쓰던 나로서는 이러한 변화를 지켜보면서, 독일에서 살아가는 여러 부류의 이방인들이 이곳에서 어떻게 삶을 마감할 수 있을지 생각해보게 되었다. 그리고 이런 생각을 수현이와 주고받곤 했다. 그것은 독일에서 20대 이후의 삶을 살아낸 우리 자신의 문제이기도 했다.

돌이켜보면 나는 나를 지극히 사랑해주셨던 외할머니의 죽음을 통해 사별의 슬픔을 경험했다. 그 시절부터 죽음은 내 삶의 일부였으며, 그것은 늘 내 곁에 함께 존재해왔다. 거기에다가 간호사와 호스피스로 일한 경험이 더해지다 보니, 나는 내가 어디에서 어떻게 삶을 마감할지 가늠해보는 일이 잦았다. 언젠가 나도 독일에서 삶을 마감하게 될 텐데, 나에게는 나를 묻어줄 피붙이가 없었다. 언제나 내 곁을 지켜주었던 수현이가 나를 저세상에 보내준다면 좋겠지만, 죽음에는 순서가 없으니 수현이가 나보다 먼저 저세상에 갈 수도 있는데…….

독일의 병원이나 요양원에서 임종을 맞는 환자들을 돌보면서, 그리고 그들의 마지막 순간을 함께하는 가족들을 지켜보면서, 나는 많은 생각을 하게 되었다. 그 누구도 자기 삶의 끝을 예측하지 못하기에 어느 날 갑자기 죽음을 맞닥뜨릴 수 있다. 하지만 오늘이 내 마지막 날이 될 수도 있겠구나 하는 각오로 지금부터라도 매일매일 내가 원하는 삶을 살아간다면 죽음 앞에서 좀 더 태연해질 수 있지 않을까. 죽음을 앞둔 사람이 담담하게 떠날 수 있다면, 그를 떠나보내는 사람들에게도 사별이 조금은 덜 힘들지 않을까.

이런 고민 끝에 나는 2005년 6월 독일에서 삶을 마감해야 하는 이방인들을 돌보는 '사단법인 동행-이종문화 간의 호스피스'(이하 '동행')를 설립했다. 독일인과 한국인 일곱 명이 함께 만든 단체였다. '동행'의 설립을 위해 수현이는 노후에 쓰려고 저축해둔 돈을 선뜻 내주었고, 나 역시 전에 들어두었던 생명보험을 헐어서 이 일을 하는 데 보태었다. 이종문화에 대한 이해를 바탕으로 그간 타국에서 살아온 이들을 존중하면서 그들의 삶을 잘 마무리해주는 것이 '동행'의 과제였다.

문화란 한 집단에서 공통적으로 나타나는 독특한 생활 양식으로, 후천적 학습을 통해 구성원들이 공유하게 된다. 이는 시대, 지역, 나이, 종교 등에 따라 다양하게 분류되는데, 예를 들면 지역에 따라서는 동양 문화와 서양 문화로, 종교에 따라서는 기독교 문화, 유대교 문화, 이슬람 문화, 불교 문화 등으로 나눌 수 있을 것이다.

다양한 문화권에서 태어나고 자란 사람들의 혼재된 문

...

'동행'의 개소식 및 제1회 자원봉사자 교육 수료증 수여식에서. '동행'은 독일에 설립된 최초의 이주민을 위한 호스피스 단체였다. 새로운 단체를 만들어 운영하는 것은 힘들지만 매우 보람 있는 일이었다.

화들을 통칭해 흔히들 '다문화'多文化라고 하는데, 여기에서 더 나아가 서로 다른 사람들을 그 자체로 인정하면서 적극적으로 존중해 나가는 문화를 '이종문화'異種文化라고 한다. '동행'의 자원봉사자들은 다양한 나라에서 태어나고 자랐다가 독일로 온 사람들과 함께해야 했다. 이때 '동행'은 상대방의 문화를 이종문화로서 있는 그대로 받아들이며 소통하는 것을 원칙으로 삼았다.

당시에 독일에는 독일인을 위한 호스피스 단체는 많았지만, 외국에서 독일로 온 이주민을 위한 호스피스 단체는 전무했다. '동행'은 그러한 독일에서 최초로 설립된 이종문화 간의 호스피스 단체이다.

사람이란 신기하게도 노년이 되어가면서 더더욱 고향이 그리워지곤 한다. 수십 년 타향살이를 하면서 그 생활에 익숙해진 줄 알았는데, 불쑥 어릴 적 먹었던 음식이 떠오르는 일이 잦아지는 식이다. 이주민을 위한 호스피스 활동을 하다 보면, 그런 사람들을 많이 만나게 된다. 또한 병마가 찾아와서 젊은 시절 악착같이 익혔던 독일어를 모두 잊어버린 채 모국어만을 기억해내는 이들도 보았다.

'동행'은 죽음을 앞둔 이들을 돌보면서 그런 이들의 고향 동무가 되어주는 곳이었다.

처음에 독일 사회는 '동행'의 이런 시도를 낯설어했다. 하지만 우리의 뜻을 알게 된 많은 독일인들은 차츰 호응을 보여주었다. 2008년에 나는 '동행'의 활동 덕분에 앙겔라 메르켈 독일 총리로부터 감사패를 받기도 했다. 내 뜻과 활동을 알아보는 이들이 있어 고마운 마음이었다.

하지만 아쉽게도 한국인을 비롯한 이주민들의 후원은 찾아보기 힘들었다. 젊은 시절에 좀 더 나은 미래를 꿈꾸며 독일로 온 이주민들은 타국에서 삶을 마감한다는 것을 생각하기조차 싫었는지도 모르겠다. 여전히 본국에 있는 가족들을 도우며 살아가야 해서 마음은 있지만 선뜻 후원하기 어려웠을 수도 있겠지만 말이다.

일반적으로 독일의 호스피스 단체들은 상당 부분 회원들의 회비와 후원금으로 운영된다. 그런데 '동행'은 설립 초기부터 재정적인 어려움이 컸다. 사단법인 공익 단체여서 독일 사회복지부로부터 약간의 후원을 받았지만, 거의 3분의 2에 달하는 재정을 회원들의 후원금으로 충당해야만 했다. '동행'을 이끌고 가는 데 꽤 힘이 들었다. 하지만 뜻을 품고 시작한 일이었으니 나는 어떻게든 '동행'을 순탄하게 이끌고 싶었다.

5
장

병마와 싸우며, 인간을 이해하며

나는 이혼을 하고서 한동안 어머니와 소식을 끊고 지냈다. 이혼 과정에서 어머니에게 받은 상처가 컸기 때문이다. 그런데 어느 날엔가 어머니가 불쑥 연락을 해오셨다. 1994년 4월, 나는 독일인 여성 목사님 두 분과 함께 독일의 한 텔레비전 프로그램에 출연해 부활절 예배 설교를 했는데, 어머니가 그걸 보신 것이었다. 당시에 어머니는 내 연락처조차 모르셨다. 그래서 방송국에 전화를 걸어 내 전화번호를 수소문한 뒤 연락을 해오셨다.

"다음 주에 베를린으로 갈 테니 그리 알아라. 언제 도착할지는 조만간 알려주마."

그로부터 일주일 뒤, 어머니는 베를린에 오셨다. 공항으로 마중 나간 나와 수현이를 보자마자 어머니는 이렇게 말씀하셨다.

"내가 있을 데는 마련해놓았겠지? 설마 나한테 너희 집에 있으라는 건 아니지?"

어머니가 왜 갑자기 나를 만나러 베를린까지 오신 걸까. 그 이유를 할 수 없었다. 나와 수현이는 이 상황이 매우 어색하고 당황스러웠다. 일단 어머니가 지내실 호텔에 모셔다 드리고 짐을 내려놓았다. 그러고서 호텔 식당에서 식사를 하며 다음 날 일정을 간단히 말씀드린 뒤 어머니와 헤어졌다.

집으로 돌아오는 길에 수현이와 나는 최대한 어머니에게 잘 해드리자는 이야기를 나누었다. 어쨌든 어머니가 우리를 찾아오는 게 쉽진 않으셨을 테니 말이다. 다음 날부터 우리는 어머니를 모시고 베를린 관광을 다녔다. 어머니가 좋아하는 일본 음식도 대접해드렸고, 일본어 책을 파는 서점에 가서 어머니가 고른 책을 여러 권 사드리기도 했다. 저녁에는 노래방에 들러서 함께 노래를 부르며 시간을 보냈다.

우리가 성의껏 어머니를 모신 덕분인지, 어머니는 우리와 함께 있는 동안 무척이나 즐거워하셨다. 내가 이혼할 때는 그렇게 반대를 하셨건만, 어머니는 수현이가 마음에 드셨던 것 같다. 수현이와 내가 살아가는 모습을 보면서, 우리 관계에 대해서도 다시 생각해보신 듯했다. 베를린을 떠나면서 어머니는 나에게 이런 말을 남기셨다.

"나도 20년쯤 젊었더라면 한 번쯤 여자와 살아보고 싶네. 앞으로도 그렇게 잘 살아야 한다!"

어머니의 남편인 드레슨 씨는 유엔에서 정년퇴직을 하셨다. 평생을 외국, 그것도 가난한 나라에 다니며 학생들에게 기술을 가르쳤던 계부, 그리고 그와 함께했던 어머니의 삶은 만만치 않았을 것이다. 매번 언어와 문화가 다른 나라에서 살아가야 했으니 꽤나 힘들었을 것이다. 그래서였을까. 계부는 은퇴 후 독일의 한 시골 마을로 거처를 정하셨다. 스위스의 국경과 맞닿은 작고 조용한 곳이었다. 계부는 그곳에서 조용히 여생을 보내고 싶으셨던 것이다.

하지만 어머니는 시골 생활을 몹시 힘들어하셨다. 그 동네는 온통 독일인만 있을 뿐, 외국인이라고는 찾아볼 수 없었다. 어머니가 그나마 숨통 트이게 이야기 나눌 수 있는 일본인 친구분들은 먼 곳에 계셨다. 친구들을 만나려면 장거리 여행을 하셔야만 했다. 나는 외로운 어머니 마음을 조금이나마 달래드리려고 노래방 기계를 구입해 보내드렸다. 어머니는 그 선물을 받고 몹시 기뻐하셨다. 그렇게 나는 어머니와 조금씩 마음의 벽을 허물어가기 시작했다.

어머니와의 짧은 화해,
그러나 곧 닥쳐온 이별


2006년 5월, 어머니는 계부가 많이 아파서 병원에 계시니 한번 와달라는 연락을 해오셨다. 나는 서둘러 어머니를 찾아갔다. 하지만 내가 도착했을 때 계부는 이미 세상을 떠나신 뒤였다. 2006년 5월 20일, 우리는 계부가 살던 집 앞의 공동묘지에 그를 묻어드렸다.

돌이켜보면 계부의 삶은 꽤 순탄치 않았다. 사업가의 아들로 태어나 외교관의 딸과 결혼하여 1남 1녀를 두고 평범하게 살던 그는 자녀 교육을 위해 아내와 아이들을 독일에 남겨둔 채 홀로 세계를 돌아다니며 일을 했다. 그 사이 아내가 다른 남자를 사랑하게 되면서 계부는 이혼하게 되었고, 아이들은 아버지와 남남 같은 관계가 되어버렸다.

그러던 중 한국으로 오게 된 계부는 어느 기자회견에서 독신으로 지내던 어머니를 만났고, 결혼하셨다. 어머니와 또다시 세계를 돌아다니며 살다가 은퇴 후에는 독일의 조용한 마을에서 여생을 보내셨다. 그리고 계부의 초청으로 내가 독일에 온 지 34년 만에 계부는 세상을 떠나셨다.

이 세상에 태어나는 순간부터 이미 죽음의 시간은 정해져 있다고 했던가. 내 나이 열다섯 살 때는 외할머니가, 그리고 쉰여섯이 되어서는 계부인 드레슨 씨가 세상을 떠나셨다.

이런저런 옛일을 떠올리다 보니 독일의 병원과 호스피스 단체에서 일하며 목격한, 수많은 죽어가던 사람들의 모습이 머릿속을 스치고 지나갔다. 특히 내가 병원에서 돌보던 환자가 처음으로 죽었을 때의 일을 나는 오랫동안 잊지 못한 채 기억해왔다.

독일에 온 지 1년쯤 지나 병원에서 실습생으로 일하던 시절이었다. 당시의 나는 독일어도 잘 못했고 병원에서 일한 경력도 짧아서 힘겹게 병원 생활을 하고 있었다. 간호사로 일하려면 밤 근무도 해봐야 한다는 수간호사님 말을 듣고 간호사 한 명과 함께 야간 근무를 서려던 어느 날이었다.

낮 근무를 마치고 우리와 교대하려던 간호사는 밤 근무

를 하러 온 우리에게 3호실에 입원한 슈미트 여사의 상태를 전해주었다. 오전부터 그녀의 상태가 많이 악화되었다는 것이었다. 의사는 슈미트 여사가 오늘 밤을 넘기기 어려울 것 같으니 가족에게 연락을 드리라고 했다. 그래서 집으로 전화를 걸었는데, 아무도 전화를 받지 않는다고 했다.

한밤 내내 병마와 사투를 벌이던 슈미트 여사는 결국 다음 날 새벽 5시에 사망했다. 그때까지도 가족과는 연락이 닿질 않고 있었다. 의사는 그녀의 임종을 확인해주었고, 간호사와 나는 환자의 몸을 씻기기 시작했다. 아, 사람 목숨이 이렇게 끝나는구나. 나는 세상에서 가장 사랑했던 외할머니의 임종을 지켜드리지 못했고, 몸도 씻겨드리지 못한 채 이 세상에서 떠나보내 드렸는데……. 그날, 병실에서 홀로 생을 마감한 독일인 여성의 식어가는 몸을 깨끗이 씻겨주면서 나는 무척이나 슬펐다.

그로부터 한참 세월이 흘러 2006년, 그간 수많은 죽음들을 곁에서 지켜봤던 나는 계부인 드레슨 씨의 장례식에 참석했다. 독일의 한 시골 마을 공동묘지에는 가족들이

모여 있었다. 드레슨 씨의 아들과 딸, 며느리와 손자들, 드레슨 씨의 아내였던 나의 어머니, 그리고 나. 우리는 마치 전혀 모르는 사람의 장례식에 참석한 것처럼 슬픔의 기색을 내비치지 않은 채 묵묵히 장례식을 마쳤다. 묘지 근방에 있는 식당에 가서 함께 간단히 점심 식사를 했다. 그러고는 나와 어머니는 어머니의 집으로, 드레슨 씨의 아들과 딸 가족들은 호텔로 갔다. 우리는 서로 그렇게 헤어졌다.

장례식이 끝나자 어머니는 하루빨리 그곳을 떠나고 싶어하셨다. 이제까지의 모든 삶을 뒤로하고 싶어하시는 듯했다. 그런 어머니를 보며 나는 이런저런 생각이 들었다. 왜 어머니는 계부가 돌아가시자마자 곧바로 그곳을 떠날 생각을 하셨을까. 그러면서도 왜 계부를 그 시골 마을에 묻으셨을까. 어머니가 그곳을 떠나면, 이제 드레슨 씨를 아는 사람은 그 누구도 그 근방에 살지 않는데······.

곧이어 어머니는 이사 준비를 하셨다. 우선 본인에게 필요한 물건들을 따로 챙겨 가방에 넣어두셨다. 계부가 부모님께 물려받은 가구들, 그리고 계부와 함께 세계를 돌아다니면서 모은 기념품 몇 가지만 더 챙겨 가겠다고 하셨다. 평소에 즐겨 읽던 일본 책들은 가까이 지내던 일본인 지인들에게 모두 나눠주셨다. 나머지 물건들은 누구든 가져갈 수 있게 집 앞에 놓아두셨다. 그런 어머니의 모습을 지켜보고 있자니, 마치 어머니가 이렇게 말하고 있는 것만 같았다.

'이제까지의 내 삶은 끝났어. 지금부터 내가 원하는 방식대로 내 삶을 살아볼 거야. 그러려면 여기 있는 물건들은 내게 전혀 도움이 되질 않아.'

그때까지 나는 어머니의 삶이 어떠했는지 잘 알지 못했다. 우리는 한 번도 진솔한 대화를 나눈 적이 없는 모녀였다. 어머니는 서양식 교육을 받고 자란 교양 있고 지적인 여성이었고, 나는 어쩌다가 아버지의 유혹에 넘어가 실수로 태어난 어머니의 혹 같은 존재였다. 하지만 계부의 죽음 이후에 어머니를 지켜보면서, 이전에는 미처 알지 못했던 어머니의 삶이 점점 내 눈에 들어오기 시작했다. 어머니는 오래도록 그 시간을 기다린 듯 슬픔도, 외로움도 없어 보였다. 나는 그런 어머니의 모습이 낯설었다.

계부가 돌아가신 지 6개월이 지나 어머니는 베를린에 있는, 신혼집처럼 예쁘게 꾸민 집으로 이사를 오셨다. 어머니는 새로운 인생을 시작하고 싶어하는 어린 소녀처럼 꿈에 들떠 있었다. 베를린에 무사히 정착한 뒤, 어머니는 내가 운영하는 '동행'에도 관심을 보이며 이런저런 도움을 주셨다. 자원봉사자들을 불러 모아 퀼트를 가르쳐주시기도 했다. 우리는 어머니 집에서 노래방 기계를 틀어놓고 함께 노래자랑을 하며 즐거운 시간을 보내기도 했다.

하지만 어머니에게 그런 행복한 시간은 너무나도 짧았다. 숨이 막히는 증상을 보이는 어머니를 모시고 호흡기 전문의를 찾아갔는데, 사르코이드증 진단을 받으셨다. 곧 기관지와 폐에 먼지가 쌓여서 자가 호흡이 불가능해졌고, 어머니는 베를린에 있는 대학병원에 입원하셨다. 24시간 산소호흡기를 써야 할 만큼 어머니의 상태는 나날이 악화되었다. 주치의는 폐를 이식받는다면 치료를 해볼 수 있겠지만, 어머니에게 적합한 폐가 없는데다가 당시의 건강 상태로는 수술을 받기도 어렵다고 했다. 병원에서도 밤낮으로 산소호흡기를 써서 어머니에게 산소를 공급하는 일

외엔 할 수 있는 게 없었다.

계부를 잃은 뒤 베를린에 와서 어린 소녀처럼 꿈에 부풀어올라 새로운 삶을 계획하셨던 어머니가 산소호흡기를 달고 살아야 한다니! 물론 어머니 자신의 충격이 가장 컸겠지만, 그런 어머니를 지켜봐야 하는 나 역시 무척이나 가슴 아팠다.

"수술을 할 수 없어요. 어머니 상태로는 지금 수술을 견뎌낼 수 없답니다. 조금만 더 참고 기다리세요."

어머니에게 그 말을 하고서 집에 돌아온 날 새벽, 상태가 안 좋아진 어머니는 주치의에게 마지막으로 수술을 한 번 받아보고 싶다고 간곡히 부탁하셨다고 한다. 그리고서 당신이 죽으면 동쪽 바다에 시신을 뿌려달라는 말도 남기셨다. 나는 어머니의 마지막을 준비하며, 그런 말들을 모두 꼼꼼히 기록해두었다.

결국 어머니는 베를린에 오신 지 수개월이 지난 2007년 6월 29일 18시에 독일의 한 대학병원 중환자실에서 76세의 나이로 생을 마감하셨다. 나는 어머니 뜻에 따라 드레슨 씨의 자녀들 그리고 수현이와 함께 동쪽 바다에서 어머니의 장례식을 치렀다. 폭풍우가 심하게 몰아쳐서 선장이 배를 띄울 수 있을지 모르겠다며 염려하는 궂은 날이었다.

장례식은 수현이에게 세례를 해주신 독일인 여성 목사님이 진행해주셨다. 어머니의 시신은 한 줌의 재가 되었고, 그 재가 담긴, 소금으로 만든 유골 단지는 바다 한가운데 던져졌다. 유골 단지는 출렁이는 바닷물을 따라 흘러갔다. 결국은 그렇게 산산이 재가 되어 흩어지는 게 인생인 걸까. 어머니와의 슬픈 작별의 시간이었다.

살아생전에 어머니는 자기 고향이라고 생각했던 일본에 꼭 한번 다시 가보고 싶어하셨다. 하지만 그 꿈을 이루지 못한 채 차가운 바닷속에 재가 되어 뿌려졌다. 그동안 어머니는 얼마나 파란만장한 사연들을 숨기고 살아가셨을까. 생의 마지막 순간에는 또 얼마나 외로우셨을까. 얼마나 못다 푼 한이 많으셨을까.

어머니는 세상을 떠나기 전에 나에게 이런 부탁을 해오셨다.

"이제까지 나는 내 욕망을 찾아 애쓰며 살아왔어. 하지

...

2007년 6월 29일, 어머니는 일흔여섯의 나이로 생을 마감하셨다. 이제는 힘들었던 어머니의 삶을 잘 헤아릴 수 있을 것 같건만, 어머니는 내 곁에 안 계신다. 사진은 장례식 후 교회 사람들과 추모 예배를 보았을 때 찍은 것이다.

만 너는 다른 사람을 위해 살기로 작정하고 신학을 공부
했으니 앞으로도 잘해봐."

나도 나 자신의 행복을 찾아 애쓰며 살아왔건만, 어머
니 눈에 나는 그렇게 비쳤던 걸까. 어쩌면 세상에 태어나
기 전부터 내 운명은 이미 정해져 있었고, 어머니 역시 정
해진 자기 운명 속에서 잘 살아보려고 부단히 애쓰셨던
게 아닐까.

이제 일흔이 되어 생각해보니, 새삼 어머니를 달리 이
해하는 애틋한 마음이 든다. 열아홉 철없는 나이에 나를
임신한 어머니는 얼마나 힘드셨을까. 나만 없었더라면,
어머니는 한 번의 실수로 치고 새로운 인생을 시작할 수
도 있었을 텐데……. 한곳에 정착하지 못한 채 전 세계를
다니며 살아가는 것 또한 매우 힘들지 않으셨을까.

내가 다니던 한인 교회의 목사님이 어머니를 병문안하
러 오셨을 때, 어머니는 목사님 손을 잡고 한없이 눈물을
보이며 이렇게 말씀하셨다고 한다.

"인선이한테 나는 큰 죄인이에요. 그 어린 것을 홀로 남
겨두고 나 혼자 살겠다고 외국으로 도망갔으니, 내가 정

말 죄가 많아요."

　어머니가 스스로를 받아들이지 못한 그 긴 세월을 어떻게 되돌릴 수 있겠는가. 자존심 때문에 차마 나에게는 미안하다는 말 한마디 못하신 것 같지만, 어머니는 마음속으로 얼마나 많은 눈물을 흘리셨을까. 폐 기능이 망가져서 자가 호흡도 하지 못하는 어머니를 지켜보면서 나는 또 얼마나 울었던가. 이 모든 것이 비켜갈 수 없는 숙명이었던 걸까.

　왜 어머니가 삶의 마지막을 내가 살고 있는 베를린에서 보내고 싶어하셨는지, 그리고 같은 여자의 입장에서 어머니가 얼마나 힘든 세상을 살아가셨는지 이제는 헤아릴 수 있을 것 같건만, 내 곁에는 어머니가 안 계신다. 아쉬움만 남을 뿐이다.

나에게 드리운

예기치 못한 병마들


　한편 내가 운영하던 '동행'의 재정적 어려움은 여전히 계속되고 있었다. 수현이를 비롯한 주변 사람들이 '동행'에 많은 힘을 보태주었지만, 이 어려움을 헤쳐 나가기에는 역부족이었다. 나는 독일의 기독교 및 가톨릭 교회, 그리고 공익을 위한 비영리 단체에 도움을 청했다. 하지만 우리 활동에 관심을 보이는 곳이 나타나질 않았다. 결국 2009년에 나는 '동행'의 파산 신고를 했다.

　그러던 어느 날, 예상치 못한 연락이 왔다. 독일 휴머니즘 협회Humanistischer Verband Deutschlands의 베를린 지부 대표였는데, 그는 자기 협회 산하로 베를린에 새로운 호스피스 단체를 만들어보면 어떻겠느냐는 제안을 해왔다. '동행'의 활동을 이어갈 수 있는 좋은 기회였기에 나는 흔쾌히 그 제안을 받아들였다. '동행'은 이미 파산 신고를 한 단체이기 때문에 그 이름을 가져다 쓸 순 없었다. 그래서 2009년 4월에 '동반자-이종문화 간의 호스피스'(이하 '동반자')라는 새로운 이름의 단체를 설립했다.

독일에서 휴머니즘은 15~16세기에 지성인을 위한 비종교적 사상으로 널리 전파되었다. 휴머니즘은 인간 중심적 사고를 바탕으로 개개인의 성품과 능력, 현재의 소망과 행복을 소중하게 여기는 정신이다. 이는 신이 세상을 지배한다는 신본주의, 모든 사물에 정령이 깃들어 있다는 애니미즘 및 샤머니즘, 인간이 피상적으로 관찰된 자연의 원리에 따라 살아야 한다는 환원적 자연주의에 반대하면서 인간 존재의 존엄성을 중심에 둔 사상이다.

이 전통은 현대에까지 이어져서 1993년 통일된 독일에 새로운 휴머니즘 협회가 설립되었다. 독일 휴머니즘 협회는 자유로운 지성인들이 이념과 사상, 종교를 초월한 세계시민으로서 인간의 존엄성을 최고의 가치로 여기며 활발하게 활동하고 있다. 현재 독일에는 각 주마다 휴머니즘 협회 지부를 두고 있으며, 유럽 각국을 아우르는 휴머니즘 연맹도 결성되어 있다. 그리고 이런 독일 휴머니즘 협회에서 '동반자'라는 이름으로 '동행'의 활동을 이어간 것이다.

그런데 한창 '동반자'의 창립을 준비하던 때에 별다른 예고도 없이 죽음의 그림자가 내 곁으로 성큼 다가왔다. 언젠가부터 오른쪽 가슴에 큰 혹이 생기고 통증이 심해서 병원을 찾아갔는데, 유방암 3기이며 빨리 수술을 해야 한다는 것이었다. 아이러니하게도 나는 호스피스 활동에 매진하면서 암을 얻은 것이었다. 운명의 신이 나에게 내린 시련이었다.

수술과 항암 치료는 나를 죽음의 골짜기로 몰아넣었다. 머리카락들이 몸에서 다 빠져나갔고, 물도 거의 마시지 못하는 식물인간 같은 상태로 나는 고통의 시간을 보내야 했다.

내가 왜? 내가 무슨 잘못을 했기에 이런 가혹한 벌을 받아야 하나. 이 고통의 시간은 언제까지 계속되는 걸까. 그 시간을 견디느니 차라리 죽는 게 나을 것 같았다. 눈물이 말라 울 수도 없는 몰골을 거울에 비춰볼 때면, 정말 죽고만 싶었다. 그간 내가 많은 사람들 옆에서 수없이 지켜봐 왔던 죽음의 고통이 이런 것이었을까. 차마 죽을 수 없어 살아 있다는 생각을 할 때면 초라하고 비참해서 견딜 수가 없었다. 항암 치료를 받는 동안 수현이를 비롯해 많은 동료들이 나를 위로하고 격려해주었다. 그럼에도 나는 차마 죽지 못해 살고 있었다.

그런 상태로는 물론 일도 할 수 없었다. 독일 휴머니즘 협회는 나를 '동반자'의 책임자로 임명해주었지만, 암 투병을 하면서 그 많은 업무를 감당할 순 없었다. 새롭게 시작한 일을 중단해야 한다는 사실을 받아들이는 게 쉽지 않았다. 어떻게든 나를 도와주려 했던 독일 휴머니즘 협회에 너무나 미안한 마음이었다. 그간 내 건강에 너무 무심했던 게 아닌가 싶어 후회도 밀려들었다. 대체 무얼 어떻게 해결해야 할지 막막하기만 했다.

그때 독일 휴머니즘 협회의 총 책임자 안드레아 씨는 내게 치료가 끝날 때까지 병가를 내고 쉬면서 몸을 추슬러야 한다는 말을 먼저 건네주었다. 나는 너무 고마워서 한동안 그저 울기만 했다. 이주민인 데다가 장기간 항암 치료를 받아야 하고 언제 완치될지도 알 수 없는 나를 믿고 배려하면서 기다려주겠다는 이를 보면서 나는 자연스레 고개가 숙여졌다.

협회에서는 내가 쉬는 동안 호스피스 자원봉사자 교육과 전반적인 프로젝트 운영을 협찬해주기로 했다. 또한 내 업무를 대신할 팀장과 자원봉사자 교육 담당 직원을 별도로 선발해주었다. '동반자'의 첫 삽을 뜨는 일을 내가 함께할 순 없었지만, 호스피스 활동을 이어갈 수 있게 해준 협회에 정말 감사했다. 이들이 보여준 태도는 내가 세상에서 받을 수 있는 최고의 대접이었으며, 독일 사회의 저력을 느낄 수 있는 경험이었다.

유방암 수술과 열 번의 항암 치료를 받는 동안 나는 죽고 싶을 만큼 힘들었다. 하지만 그 어려운 시간 또한 지나갔다. 항암 치료가 끝나고서 나는 6주간의 요양원 생활에 들어갔다.

현재 독일에는 1천여 개의 요양원이 있다. 환자가 병원에서 퇴원하면, 그의 건강 상태에 따라 집에 돌아가거나 요양원에 갈 수 있다. 물론 요양에 드는 비용은 건강보험을 통해 지불된다. 그래서 나 역시 경제적 부담 없이 요양원에서 몸과 마음을 돌볼 수 있었다. 새로이 일을 시작해서 눈코 뜰 새 없이 바쁜 '동반자' 직원들이 요양원에 있던 나를 염려하며 관심을 기울여주었다. 이는 앞으로 내가 살아가는 데 있어 무엇을 잊지 않고 중시해야 하는지에 대해 깊이 성찰하는 시간이기도 했다.

요양원 생활을 마치고서 나는 다시금 찬찬히 배움의 세계에 뛰어들었다. 몸이 완전히 회복된 건 아니어서 무리하진 않았다. 하지만 고통 속에서 끌어올린 삶이 소중한 만큼 내 마음이 바빴다. 나에게는 지속적으로 사회사업이나 사회봉사를 하고 싶다는 신념이 있었다. 하지만 외국인 출신으로 독일에서 당당하게 그런 일들을 해나가려면 실력이 있어야 했다. 나는 탄탄한 실력을 바탕으로 그런 활동을 하면서 내가 독일 사회에 기여할 수 있다는 것을 증명해 보이고 싶었다. 그런 마음이 나를 배움의 길로 이끌었다.

나는 2년간 개인 슈퍼비전 교육을 받은 뒤 2013년에 국가 공인 슈퍼바이저 자격증을 취득했다. 또한 2008년에 취득한 문화중재사 자격증을 바탕으로 2년간 함부르크 지방에서 실시하는 관련 교육을 추가로 받았다. 독일 사회에는 150여 개국 출신의 이주민이 거주하고 있는데, 독일 가족부는 이주민에게 교육을 실시하고서 문화중재사 자격증을 발급함으로써 독일 사회의 미래를 준비하고 있었다. 나는 독일 가족부가 마련한 제도에 힘입어 이주민 문제에 대해 공부할 수 있었다. 그렇게 배움을 지속해 나가면서, 나는 힘들었던 투병의 시간을 여유 있게 바라볼 수 있게 되었다.

하지만 삶의 파도는 끊임없이 밀려드는 법인지, 2019년 9월에 또다시 시련이 찾아왔다. 베를린의 한 산부인과에서 자궁암 진단을 받은 것이다. 한 번도 아니고 두 번씩이나 암 선고를 받다니, 이것이 나의 운명인가. 힘든 시절들을 뒤로하고 어떻게든 잘 살아보려고 나름대로 최선을 다해왔는데, 나는 왜 두 번씩이나 힘든 암과 싸워야 하는가. 행복하진 못하더라도 그저 다른 사람들만큼 평범하고 건강하게 살 순 없는 것일까.

나는 일흔을 앞두고서 다시 수술대에 올라야 했다. 자궁 적출 수술을 받았고, 3주에 한 번씩 총 여섯 번의 항암 치료도 받아야 했다. 그런 상황은 다시금 나를 힘들게 했다. 그 독한 약들을 소화하는 일은 녹녹지 않았다. 머리카락도 모두 빠졌다. 그래도 10년 전의 투병 경험 때문인지, 아니면 의학의 발달 덕분인지, 항암 치료의 부작용은 이전보다 적었고 훨씬 쉽게 치료를 견뎌냈다. 그 정도는 내게 견딜 만한 것이었다.

이 글을 쓰고 있는 지금은 항암 치료를 끝낸 뒤 CT 촬영 검사를 통해 모든 암세포가 사라졌다는 결과가 나온 후라서 마음이 많이 가볍다. 그러나 확실한 예방을 위해 좀더 방사선 치료를 받을지 여부는 차후 의료진과 다시 상의하기로 했다.

힘든 시간이었지만, 그 시간을 지나는 동안 내 곁에는 수현이가 있었다. 수현이는 정성을 다해 음식을 만들어주며 줄곧 나를 돌봐주었다. 그 덕분인지 내 건강도 서서히 회복되었다.

"이 또한 지나가리라."

우리는 매일 아침마다 이 말을 하며 서로에게 용기를 북돋워주고 있다.

베를린에서 '동행'을 설립한 것을 계기로 독일에 온 이주민들의 죽음을 다루는 것이 나의 일이었다. 젊은 시절

...

나치의 국가 폭력으로 피해를 입었던 동성애자들을 위한 기념비 앞에서. 사랑하는 수현이와 굳게 손을 맞잡고서 사진을 찍었다. 베를린은 이런 것이 있을 수 있어서 좋다. © YAJIMA Tsukasa

낯선 나라에 오게 된 이유는 각자 다르겠지만, 이곳에 발 붙이고 살아가면서 독일은 나에게, 그리고 많은 이주민들에게 제2의 고향이 되었다. 그리고 이제까지 내가 돌봐왔던 많은 이들과 마찬가지로 나 역시 독일에서 죽음을 곁에 둔 채 하루하루 최선을 다해 살아가고 있다.

삶의 끝자락을

인간답게 마무리하는 꿈을 꾸며

"너는 어디서 삶을 마감하고 싶어? 갑자기 죽게 된다면 이곳에서 장례를 치러야 할 텐데, 괜찮겠어? 준비는 해두었어?"

언젠가 호스피스 사역을 하는 가톨릭 수녀 친구가 나에게 던진 질문이다. 이 질문을 받고서 나는 한동안 대답을 할 수 없었다. 그동안 나는 호스피스 활동을 하면서 삶을 마감하는 많은 사람들을 지켜보았다. 세상을 떠나는 사람들이 죽음을 대하는 태도는 각각 다르다. 초연하게 삶을 내려놓는 사람이 있는가 하면 좀 더 살고 싶어서 몸부림치는 사람도 있고, 고통을 버티는 게 너무 힘들어서 스스로 목숨을 끊는 사람도 있다.

대개의 인간은 죽음의 시간이나 장소를 선택할 수 없다. 하지만 인간은 순간순간 여러 가지 선택을 하며 살아간다. 그렇다면 살아 숨 쉬는 매 순간순간을 마치 삶의 마지막인 것처럼 잘 선택하며 살아가야 하지 않을까. 그렇게 살아간다면 진정 후회 없는 오늘을 살 수 있지 않을까.

기나긴 세월 고향을 떠나 독일에 정착해 살고 있는 우리, 젊고 꿈 많은 나이에 가족의 생계를 책임지기 위해 낯선 땅에 와서 지금까지 열심히 살아온 우리……. 이제 우리도 서서히 자기 삶의 마무리를 준비할 나이에 들어섰다. 그래, 우리라도 서로 의지할 수 있는 힘이 되어주면서 삶의 마지막 시간을 동행해주어야지.

이종문화 간의 호스피스 '동행'은 그런 뜻을 품고 창립되었다. 문화와 가치관이 다른 사람들과 부대끼고 생활하면서 고향이 그리워 몸부림칠 때가 얼마나 많았던가. 언젠가는 내가 태어났고 부모 형제가 있는 고향으로 돌아가겠다는 희망을 품고 살아왔기에 우리는 죽음에 대한 준비를 하고 싶지 않았는지도 모른다.

'동행'으로 시작해서 '동반자'로 이어지는 활동을 해온 세월이 어언 15년이다. 독일인을 비롯해서 한국, 일본, 인도, 베트남, 필리핀, 인도네시아, 이란, 파키스탄, 네팔, 터키 등에서 온 수많은 이주민들이 이곳에서 호스피스 자원봉사자 교육을 받았고, 그들의 고향에서 온 이들의 죽음을 동행하고 있다.

　그간 한인 사회의 중심이 되었던 한인 교회의 뜻있는 여신도들 또한 이 길에 들어서서 호스피스 자원봉사자 교육을 받았고 경제적 후원도 해왔다. 한국에서 독일로 건너온 한국인들이 광부와 간호사로 정착하면서 시작된 한인 교회는 이제까지 50여 년의 역사를 이어왔다. 우리가 만들어온 역사는 이제 서서히 역사의 뒤안길로 사라질 것이다. 그렇게 역사의 수레바퀴는 돌아가고, 우리의 2세들이 그 자리를 메울 것이다.

　한 시대가 그렇게 흘러가겠지만, 우리 같은 이들이 삶을 마무리할 때 그것을 지원해주는 단체는 앞으로도 필요할 것이다. 삶의 끝자락을 잡고 있는 이들을 위한 호스피스 활동과 치매 환자들을 위한 공동거주장 건립 및 운영은 그 누구보다 우리 자신을 위해 필요한 일이다.

　인간이라면 누구나 자신의 존엄을 유지하면서, 살아 있는 인간으로서의 예우를 받으며 삶을 마감하고 싶을 것이다. 많은 이들과 협력하여 그런 장場을 만들고 싶은 것이 오랫동안 품어왔던 나의 꿈이다. 어머니가 끓여준 것만 같은 된장찌개를 먹을 수 있고, 마음껏 옛날이야기를 나눌 수 있는 곳. 고향 집 같은 분위기가 물씬 풍기는 그곳에서 친구들의 보살핌을 받고 고향의 노래를 들으며 삶을 마감할 수 있다면, 비록 고향에 돌아갈 순 없을지라도 편안히 눈감을 수 있지 않을까. 우리 삶의 끝자락이 그렇게 마감될 수 있기를 간절히 바란다.

## 나오며 ─────────

1972년, 나는 한국에서의 외롭고 힘든 생활을 뒤로한 채 새로운 세계로 떠날 희망에 부풀어 있었다. 하지만 그렇게 시작한 독일 생활은 꽤나 힘들었다. 도착한 첫날부터 나는 낯선 사람들에게 둘러싸여 있어야 했다. 빵만 먹으며 사는 게 힘들었고, 한국말을 나눌 사람이 없는 것도 힘들었다. 나는 독일어를 배워야 했고, 간호학교에 다녀야 했고, 병원 실습을 해야 했다. 힘든 시간이었다.

나는 나이팅게일 선서의 첫 문장처럼, 일생을 의롭게 살며 간호직에 최선을 다하겠다는 신념을 품고 간호사가 된 게 아니었다. 독일에서 계속 살아가려면 간호학교를 졸업한 뒤 간호사로 일해야만 해서 선택한 것이었다. 어떻게 해서든 살아남아서 삶을 꾸려야 했다. 그 시간은 나에게 지난한 투쟁과 같았다.

나는 낯선 독일에 와서 그렇게 분투하며 살아갔다. 그런데 이곳에는 이미 1960년대부터 많은 한국인 간호사들이 살고 있었다. 가난한 가족의 생계를 책임지기 위해 독일의 병원에서 일했던 많은 사람들이 아직까지 이곳에 살고 있다.

언어와 풍습이 다른 곳에서 사랑하는 이들과 떨어져 살면서도 한국인 간호사들은 전인 간호를 해야 하는 독일의 병원 생활에 무사히 적응하여 성심껏 일해 나갔다. 그들은 고국의 가난을 책임지면서 동시에 독일에서의 힘든 병원 생활을 거뜬히 버텨낸 역군들이었다. 독일 사회에서도 줄곧 상찬을 받았다.

파독 간호사들은 낯선 독일 땅에서 결혼을 하고 아이를 낳았으며, 그렇게 흐른 세월이 어언 반세기가 되었다. 이제는 하나둘 세상을 떠나기도 해서 주변에 빈자리가 보이고 있다. 직장에서, 또 개인적으로 여러 힘든 사람들을 도우며 살아왔던 이들에게도 이제 도움의 손길이 절실해지고 있다. 하지만 정작 그들을 돌봐줄 천사를 찾아보기란 쉽지 않다.

사람은 나이가 들수록 뿌리에 대한 애착이 강해진다. 어린 시절 어머니가 해주시던 음식 맛이 혀에서 맴돌고, 형제들과 옹기종기 뛰놀던 때가 자꾸만 눈에 어른거리는 법이다. 하지만 독일에서 살아온 한국인들에게는 마지막을 함께해줄 부모 형제가 없다. 젊은 시절 앞만 보고 달려왔던 그들의 마지막은 그래서 쓸쓸하기만 하다.

이들에게는 남아 있는 삶의 시간을 함께해줄 호스피스가 필요하다. 이국땅에서 그들의 가족과 친구 역할을 분담해줄 사람들이 필요하다. 그간 역경을 이겨내며 살아온 파독 간호사들에게는 더더욱 관심을 기울여야 하지 않을까. 서로의 가치관이나 생각, 종교가 다를지라도 그들에게는 돌봄이 필요하다. 독일 땅에 처음 발 들여놓을 때와 같은 순수한 모습으로 그들이 자기 삶을 마무리할 수 있기를 바란다. 그래서 젊은 날 그들의 일터였던 독일 사회에, 그리고 독일에서 태어난 후세들에게 소중한 기억으로 남게 되기를 진심으로 바란다.

지금까지 나는 48년간 독일에서 살아왔다. 스물두 살의 젊은 아가씨는 어느덧 할머니가 되었다. 그간 나는 독일에서 많은 것들을 배우며 성장했다. 간호사로, 디아코니세로, 성서극 전문가이자 신학 석사로, 호스피스 팀장이자 슈퍼바이저로 수많은 사람들을 만나며 살아왔다. 줄곧 배움을 놓지 않았던 것은, 나 자신을 변화시키는 유일한 방법이 바로 배움에 있다고 여겼기 때문이다. 나는 과거에 안주하면서 고루한 생각에서 벗어나지 못한다면 발전할 수 없다고 생각했다. 끝없이 고민하고 대화하고 공부하는 자세야말로 나 자신이 변화하는 유일한 길이었다.

그 가능성과 기회를 내게 준 독일 사회에 나는 감사한다. 물론 독일이라고 해서 문제가 없는 것은 아니다. 상대적 박탈감에 시달리는 이들이 인종차별주의와 극우주의를 표방하는 최근의 일부 흐름에 대해 나 역시 우려하고 있다. 하지만 지난 50여 년 간, 나는 독일 사회를 선택한 뒤 이곳에 뿌리 내리며 살아왔다. 나에게 이곳은 당당하게 살아갈 수 있는 여지가 있는 곳이었다. 한국 사회 역시 그곳에 살고 있는 많은 외국인들이 당당하게 살아갈 수 있는 곳이길 바란다. 그리고 늘 나와 함께해주었던 사랑하는 내 짝꿍 수현이에게도 무한한 감사를 보낸다. 내 삶이 언제 끝날지 알 수 없지만, 바로 오늘을 내 생애의 가장 좋은 날로 여기며 살아가고 싶다.

# 내게 가장 소중한 것은 나 자신이었다
한 여자의 일생

ⓒ 김인선

초판 1쇄 발행 | 2021년 1월 1일

지은이 | 김인선
펴낸이 | 임윤희
표지 디자인 | 송윤형
제작 | 제이오

펴낸곳 | 도서출판 나무연필
출판등록 | 제2014-000070호(2014년 8월 8일)
주소 | 08613 서울 금천구 시흥대로73길 67 금천엠타워 1301호
전화 | 070-4128-8187
팩스 | 0303-3445-8187
이메일 | woodpencilbooks@gmail.com
페이스북·인스타그램 | @woodpencilbooks

ISBN | 979-11-87890-22-5  03810